# 그라운드의 사령관

# 그라운드의 사령관 3

예성 현대 판타지 장편 소설

초판 1쇄 찍은 날 | 2016년 7월 12일
초판 1쇄 펴낸 날 | 2016년 7월 19일

지은이 | 예성
펴낸이 | 예경원

기획 | 위시북스
편집책임 | 박우진
편집 | 이즈플러스

펴낸곳 | 예원북스
등록번호 | 제396-2012-000132호
등록일자 | 2012. 7. 25
KFN | 제1-014호

주소 | 경기도 고양시 일산동구 호수로 646-24 위너스21 II 빌딩 206A호 (우)10401
전화 | 031-819-9431 팩스 | 031-817-9432
E-mail | yewonbooks@naver.com

ⓒ예성, 2016

ISBN 979-11-5845-518-7 04810
      979-11-5845-578-1 (set)

WISHBOOKS MODERN FANTASY STORY

예성 장편소설

# 그라운드의 사령관 ③

# CONTENTS

# 그라운드의 사령관

1장

정규 시즌 종료!

딱─!

[강한 타구! 하지만 2루수 정면으로……!]

퍽─!

[아! 글러브에 맞고 튀어 나갑니다! 다급히 공을 잡았지만…… 주자, 베이스에 안전하게 들어갑니다! 8회 1사 이후에 에러로 퍼펙트가 깨집니다!]

[너무 긴장한 나머지 공의 바운드를 제대로 맞추지 못했습니다.]

김대우의 표정에 절망감이 차올랐다.

퍼펙트게임이 자신 때문에 실패했다는 자책감이 그를 휘감았다.

그때였다.

"몸은 괜찮냐?"

"예?"

희뿌옇게 변하는 시야가 하나의 목소리 때문에 깨끗하게 변했다.

그리고 한 남자가 보였다.

걱정하는 눈빛으로 자신을 바라보는 남자는 다름 아닌 윤정길이었다.

"죄, 죄송합니다……."

김대우는 반사적으로 사과를 했다.

투수가 이룰 수 있는 최고의 기록이 자신 때문에 깨졌다.

욕을 먹어도 감내할 수 있다.

하지만 윤정길의 입에서 나온 건 욕이 아니었다.

"사과할 필요 없어."

"예?"

"플레이의 일환이었다. 네가 에러를 범한 건 그저 실수였을 뿐이야."

"하, 하지만……."

"괜찮아. 그동안 네가 잡아준 타구가 몇 개인데 그런 사과를 하는 거야?"

김대우는 울컥했다.

퍼펙트게임이 날아갔는데도 오히려 자신을 위로해 주다니?

"그보다 몸은 괜찮아? 타구가 꽤 강했는데."

윤정길은 진심으로 김대우의 상태를 걱정했다.

그 모습을 뒤에서 지켜보던 찬열은 속으로 놀라고 있었다.

'퍼펙트게임이 깨졌는데도 오히려 동료를 위로한다. 도대체 어떤 마음이면 그게 가능하지?'

만약 자신이 투수라면?

나무라지는 않겠지만 위로는 하지 못할 것이다.

사람 마음이란 게 그렇다.

분명 그의 탓이 아님을 알고 있지만 괜히 탓하게 된다.

윤정길이라고 다르지 않을 것이다.

그런데도 김대우를 위로해 주는 모습이라니.

'저게 선배고 베테랑이다.'

평소에는 무뚝뚝한 모습을, 마운드에서는 이기적이고 공격적인 모습을, 하지만 후배를 생각하는 마음가짐을 가진 착한 사람.

그게 바로 윤정길이다.

찬열은 그의 공을 받는다는 것에 자부심을 가졌다.

"자자! 별일 없으면 다시 경기하자!"

어느새 다가온 구심이 외쳤다.

그의 한마디에 어수선했던 분위기가 정돈됐다.

선수들은 각자의 자리로 돌아갔다.

윤정길 역시 마운드로 향하기 전 다시 한 번 김대우의 어깨를 토닥여 주었다.

그것이 김대우의 부담감을 많이 떨쳐내게 했다.

아니, 오히려 독기를 품게 했다.

'두 번 다시 실수를 하지 않는다.'

부담감과 책임감은 여전히 있었다.

하지만 독기가 그것을 눌렀다.

다시 자신의 자리에 서서 몸을 푸는 모습이 그 사실을 말해주고 있었다.

'대단하다.'

정말 윤정길이 존경스러울 정도였다.

문득 마운드 위의 윤정길을 바라봤다.

방금 전까지 멀쩡해 보이던 윤정길이 글러브의 끈을 손으로 만지작거리고 있었다.

윤정길과 한 시즌을 보내면서 알게 됐다.

'초조함을 느끼고 있다.'

퍼펙트게임을 놓친 충격.

투수에게는 매우 컸다.

그것을 숨기고 후배를 다독였다.

하지만 마운드 위에 혼자 남자 그 충격이 다시 기어 올라왔다.

'정신 차리자. 아직 노히트노런이 남아 있다.'

찬열은 윤정길의 노히트노런을 지켜주고 싶었다.

그건 그라운드의 모든 선수들이 같은 마음이었다.

다시 마스크를 쓰고 자리에 앉았다.

"플레이!"

구심의 경기 재개 신호에 찬열이 눈을 감았다가 떴다.

경기 중단으로 인해 끊겼던 집중력을 다시 끌어올려 타자를 관찰했다.

'응?'

이상했다.

타자의 자세가 평소와 달랐다.

'이건……'

하나의 상황이 떠올랐다.

머릿속에 그림이 그려지자 확신을 내렸다.

찬열은 바로 사인을 보냈다.

'몸 쪽 포심, 그리고 3루수 전진수비.'

사인을 내고 프로텍터를 만지는 걸로 3루수에게 신호를 보냈다.

포수의 사인은 크게 두 가지로 나눈다.

투수에게 보내는 사인.

다른 하나는 내야수에게 보내는 사인이다.

내야수에게 보낼 때는 대부분 더그아웃의 작전을 전달하는 것이다.

하지만 이번에는 찬열이 직접 사인을 냈다.

그 모습에 더그아웃이 술렁였다.

"갑자기 전진수비를 시키다니."

수석 코치인 최호성이 나서려는 찰나.

"잠깐."

이동건 감독이 그를 불러세웠다. 의아한 표정으로 자신을 바라보는 최호성을 향해 이동건이 말했다.

"일단 내버려 두지요."

"하지만……."

이동건은 손을 들어 최호성의 발언을 막았다.

감독이 저렇게 나온 이상 수석 코치라도 더 이상 말할 수 없었다.

이동건은 시선을 돌려 캐처 박스의 찬열을 바라봤다.

'원래 포수는 상황에 따라 내야의 수비 위치를 변경할 수 있다. 하지만 최근 들어 그것을 하는 포수는 없다.'

포수가 하는 일은 많다.

하지만 수비와 공격 모두를 해야 하기 때문에 더그아웃에서 분담을 해주었다.

포수의 부담을 덜어주기 위함이다. 처음에는 말이다.

'현대 야구에 접어들어 포수의 리드는 소용없다는 이야기까지 나온다. 하지만 난 반대다. 포수는 경기를 지배한다. 더그아웃에서는 보지 못하는 정보를 얻을 수 있는 포지션이 바로 포수다.'

포수 출신답게 이동건은 자신만의 포수 이론이 있었다.

'찬열이가 수비를 이동시켰으면 그에 따른 이유가 있을 것이다.'

그렇게 생각하고 이동건은 경기를 지켜봤다.

더그아웃이 잠깐 소란스러워진 사이, 윤정길이 투구 자세로 들어갔다.

그리고 1루 주자를 눈으로 견제하고 미트를 노려봤다.

"흡!"

"고!"

윤정길이 사이드스텝을 밟는 순간.

1루 주자가 스타트를 걸었다.

멈출 순 없다.

윤정길은 조금 더 속력을 내 투구를 이어갔다.

"하앗!"

쐐액-!

공이 그의 손을 떠났다.

코스는 조금 달랐지만 높은 곳으로 빠른 공이 들어왔다.

이미 1루 주자가 스타트에 들어간 상황.

원하는 코스가 아니었지만 배트를 뺄 수는 없었다.

타자는 높은 공을 향해 배트를 내밀었다.

'3루로……!'

3루서상을 바라보던 타자의 눈에 달려오는 이성준이 보였다.

'뭐, 뭐야?!'

그의 눈이 경악에 물들었다.

어떻게 알고?

타자는 이성준의 대시에 찰나 동안 시선을 빼앗겼다.

정말 약간의 시간.

하지만 야구에서는 그 짧은 시간이 치명적으로 작용한다.

딱─!

잠깐 시선을 빼앗긴 사이, 공이 다가와 배트에 맞았다.

제대로 공의 힘을 줄이지 못했다.

게다가 배트의 윗부분에 맞으며 공이 떠올랐다.

달려오던 이성준이 멈췄다.

공중에 떠오른 공을 본 그는 그대로 점프해 공중에서 공을 낚아챘다.

[번트 실패! 대시하던 이성준 선수, 점프캐치! 곧바로 1루로 송구합니다!]

퍽─!

"아웃!"

[어이없는 병살타가 나옵니다! 퍼펙트게임이 깨진 직후, 병살타를 잡아내며 위기를 넘기는 윤정길입니다!]

* * *

더그아웃으로 돌아온 찬열에게 이동건이 찾아왔다.

"찬열아."

"아, 예."

경기 중 감독이 선수를 찾는 건 흔한 일이 아니다.

게다가 찬열은 이유도 알았다.

그랬기에 긴장한 얼굴로 이동건을 맞이했다.

이동건은 둘만 있는 자리기에 이야기를 편하게 했다.

"3루수한테 전진수비를 시켰던데."

"죄송합니다……."

"나무라는 게 아니야. 이유가 궁금해서 그래."

찬열은 고개를 들어 이동건의 표정을 살폈다.

정말 나무라는 표정이 아니었다.

그걸 확인한 찬열은 마음을 다잡고 자신의 생각을 이야기했다.

"타자가 타석 앞쪽에 섰습니다. 그리고 배트도 평소 잡던

것보다 짧게 잡았고요. 그래서 기습번트라고 생각했습니다."

"그것만으로? 그저 콘택트 위주로 타격을 하기 위해서 그랬던 걸 수도 있잖아?"

"아뇨, 약간의 차이지만 배트를 잡은 손과 손 사이가 더 벌어졌습니다. 또 1루 주자의 움직임도 조금 이상했고요."

"1루 주자?"

"예. 리드 폭이나 몸의 중심도 모두 2루로 향해 있었습니다. 시선도 2루를 15번이나 쳐다봤고요."

"그게 보였다고?"

"시력이 꽤 좋습니다."

어색하게 웃으며 말하는 찬열을 보며 이동건은 어이없는 표정을 지었다.

'시력이 좋고 안 좋고의 문제가 아니잖아. 그 긴박한 상황에서 주자의 상황까지 체크할 정도로 침착했다는 건가?'

무엇보다 타자의 그 작은 변화까지 캐치하다니?

'이건 이미 베테랑 수준인데…….'

도대체 누가 이 어린 선수를 여기까지 키워냈는지 궁금했다.

이동건이 아무 말이 없자 찬열이 조심스레 입을 열었다.

"저…… 죄송합니다. 제멋대로 수비 위치를 변경하고……."

본인이 했던 행동은 분명 잘못된 것이다.

아무리 확신이 있었다고는 하지만 더그아웃을 무시한 처

사다.

그랬기에 사과를 분명히 해야 했다.

하지만 이동건은 그런 찬열을 나무라지 않았다.

"아니, 잘했다. 여기에 있다 보면 보지 못하는 걸 넌 볼 수 있다. 앞으로도 같은 상황이면 너 스스로 사인을 내도 된다."

"정…… 말입니까?"

예상하지 못한 대답에 찬열의 눈이 커졌다.

이동건이 고개를 끄덕였다.

"물론 네가 잘못된 선택을 한다면 더그아웃에서 움직일 거다. 그러니 마음 놓고 해봐라."

"감사합니다."

이동건은 자리에서 일어났다.

그리고는 찬열의 어깨를 토닥였다.

"나이스 플레이였다."

그 말을 끝으로 이동건은 자신의 자리로 돌아갔다.

감독의 신임은 찬열에게 큰 원동력이 됐다.

"찬열아! 다음다음이다!"

"예."

고개를 끄덕인 찬열이 배트를 쥐고 더그아웃을 나갔다.

[베어스 9회 초 투아웃에 1, 2루 위기를 맞이합니다. 그리고 타석에는 올 시즌 최고의 신인 타자죠. 정찬열 선수가 들어옵니다.]

[홈런 선두인 박대수 선수는 오늘 경기도 홈런을 치지 못하고 2 삼진을 당한 채 교체가 됐습니다. 만약 정찬열 선수가 마지막 타석에서 홈런을 기록하면 홈런 공동 선두에 오르게 됩니다.]

찬열은 그 사실을 몰랐다.

그저 그의 마음속에는 윤정길을 조금 더 편하게 해주고 싶은 마음이었다.

'안타만 쳐도 된다.'

마음을 편하게 먹은 찬열이 집중력을 끌어올렸다.

그러자 그라운드의 상황이 하나하나 눈에 들어왔다.

'이건…….'

수비에서 이미 경험을 했던 현상이기에 당황하는 시간은 짧았다. 그는 당혹감을 한쪽으로 치우고 수비와 투수의 움직임을 살폈다.

'외야수들이 우측으로 붙기 시작했다. 바깥쪽 공을 던질 생각인가?'

우타자인 찬열이 밀어 치기를 하면 우익수 방면으로 날아갔다. 밀어 치기를 하기 위해서는 바깥쪽 공을 공략해야 되는 상황.

거기까지 판단한 찬열이 투수를 노려봤다.

[베어스의 마무리투수 조용호 선수, 초구 던집니다!]

"차앗!"

전력을 담은 공이 조용호의 손을 떠났다.

'포심⋯⋯!'

그렇게 판단한 찬열이 발을 내딛었다.

후웅―!

발이 지면에 닿는 순간 허리를 회전시켰다.

회전은 곧 상체로 이어지면서 배트가 매섭게 돌아갔다.

딱―!

경쾌한 소리와 함께 공이 높게 떠올랐다.

[초구를 강타! 타구는 우익수 쪽으로 날아갑니다. 우익수 조금씩 뒷걸음질을 치면서 자리를 잡는데요. 어?]

조금씩 물러나던 우익수가 갑자기 몸을 돌리더니 전력 질주를 했다.

하지만 이내 펜스에 막히며 더 이상 갈 곳을 잃었다.

[아~ 타구 그대로 넘어갑니다! 9회 초 2사에 쓰리런이 나옵니다!]

[엄청난 힘입니다. 체공 시간이 길고 타구 속도가 그리 빠르지 않아 우익수 뜬공이 될 것으로 예상했는데 그대로 담장을 넘겼어요!]

[이로써 정찬열 선수는 홈런 공동 선두에 이름을 올리게 됩니다!]

9회 초에 터진 찬열의 3점 홈런에 분위기가 완벽하게 넘어갔다.

[4년 만의 대기록! 노히트노런! 주인공은 인천 와이번스의 윤정길!]

[와이번스의 에이스 윤정길이 노히트노런을 작성하다!]

윤정길의 이름이 각종 매체에 대서특필됐다.

그것만이 아니라 공중파에서도 그의 기사를 확인할 수 있었다.

[오늘 저녁 잠실야구장에서 노히트노런 기록이 작성됐습니다. 주인공은 인천 와이번스의 베테랑 윤정길 투수입니다. 팀의 4강행이 걸린 서울 베어스와의 시즌 최종전에서 윤정길 선수는 선발로 등판해 101구를 던지며 단 하나의 안타나 사사구를 기록하지 않았습니다. 8회 1사까지 퍼펙트게임을 진행하던 윤정길 선수는 팀 동료인 2루수 김대우 선수의 에러로 인해 퍼펙트행진이 깨졌지만 괘념치 않고 남은 타자를 범타로 잡아내며 노히트노런에 성공했습니다. 윤정길 선수는 파트너인 정찬열 선수의 리드가 좋았다며 겸손한 모습을 보이기도 했습니다. 한편 와이번스는 남은 2경기 중 1승만 추가한다면 4강행 티켓을 손에 쥐게 됩니다. 다음 뉴스…….]

* * *

찬열이 집에 돌아온 건 12시가 다 되어서였다.

녹초가 되어 집에 들어선 찬열은 대충 짐을 던져두고 침대로 몸을 날렸다.

털썩-!

"후우…… 피곤하다."

오늘따라 평소보다 몸이 무거웠다.

눈도 아프고 머리도 지끈거리는 게 느껴졌다.

'힘든 경기였지…….'

정말 힘든 경기였다.

하지만 자신의 인생에 있어 가장 좋은 경기였다.

'쐐기 쓰리런에…… 노히트노런이라니…….'

노히트노런이 이루어지는 순간.

마운드에서 윤정길과 포옹을 하던 게 떠올랐다.

'고맙다. 네 덕분이야.'

윤정길이 했던 말이 아직도 생생했다.

"짜릿하다."

온몸에 전율이 일어날 정도로 말이다.

"이 맛에 포수를 하는 거지."

야구라는 모든 포지션 중에 가장 힘든 포수.

그럼에도 그 노력이 잘 알려져 있지 않은 포지션.

하지만 찬열은 이런 순간 때문에 포수라는 포지션을 포기할 수 없었다.

"이제 2경기다."

천장을 바라보는 찬열의 얼굴에 굳은 의지가 드러났다.

오늘 유니콘스는 1승을 챙겼다.

앞으로 남은 3경기 중 1승만 더 올린다면 3위가 확정이 된다.

그럼 남은 티켓은 한 장.

그 한 장을 잡기 위해서는 1승이 필요했다.

"반드시 가을야구를 하겠어."

스스로에게 다짐하듯 말을 내뱉은 찬열은 서서히 잠에 빠져들었다.

* * *

다음 날.

와이번스와 베어스는 각각 1패씩을 떠안았다.

투수진의 소모가 없었지만 타자들의 피로가 쌓인 덕분이다.

찬열은 안타 2개를 추가했다.

하지만 홈런을 추가하지 못해 단독 선두로 나서지 못했다.

'내일 경기로 결정되겠군.'

40홈런을 하기 위해서는 1개의 홈런이 더 필요했다.

하지만 내일 상대가 녹록치 않다는 것.

'류성일이 선발인가.'

현재 강천 이글스는 2위를 확정지었다.

그럼에도 불구하고 내일 경기에 에이스인 류성일을 내보 낸다.

바로 19승을 위해서다.

18승을 거둔 이후 류성일은 승운이 없었다.

정확히 이야기하면 부상으로 인해 제대로 된 피칭을 하지 못했다.

로테이션도 두 번이나 걸렀다.

'200이닝 가까이 던졌으니 정상일 순 없지.'

데뷔 첫해에 195이닝을 던졌다.

심한 부상은 아니더라도 무리가 갔을 수밖에 없다.

그럼에도 나온다는 건 신인 최다승에 그만큼 욕심을 가지 고 있단 뜻이다.

'하긴, 나라도 욕심을 가지겠어.'

신인과 관련된 기록은 올해가 아니면 이룰 수 없다.

역사에 남을 수 있는 기회에 욕심을 가지지 않을 선수는 없었다.

그건 찬열도 마찬가지였다.

'홈런 1개.'

그리고 남은 1경기.

신인 선수가 데뷔 첫해에 40홈런을 기록한 역사는 없다.

이전 기록은 30홈런이 최다다.

하지만 그 선수는 30홈런과 30도루를 동시에 기록했다.

찬열의 도루는 20개를 기록했다.

20-20에 가입을 했지만 임팩트가 약한 이유였다.

하지만 40홈런 20도루라면?

이야기가 달라진다.

지금까지 이런 신인 선수는 없었다.

'게다가 노히트노런까지 기록했다. 내가 신인왕을 못 받을 이유는 없어.'

그러기 위해서는 남은 1경기에 많은 걸 만들어야 했다.

홈런과 도루.

그리고 류성일의 19승 저지까지.

모든 것이 최종전에 달려 있었다.

* * *


찬열의 40홈런에 대한 홈팬의 관심은 매우 컸다.

그동안 와이번스에서 최다 홈런은 박현우가 기록한 34홈런이었다.

즉, 40홈런을 기록한 타자가 한 명도 없었다.

8개 구단 중 가장 마지막에 만들어진 구단이기 때문이다.

역사가 짧아서 라는 핑계가 있긴 했지만 불명예스런 기록이었다.

그런데 40홈런을 기록할 타자가 나타났다.

그것도 데뷔 1년 차에 말이다.

당연히 많은 이의 관심이 쏠릴 수밖에 없었다.

"와…… 정말 많이 왔다."

구단의 시설을 관리하는 직원이 입을 쩍 벌렸다.

와이번스의 창단 이후 꾸준히 구장의 일을 보고 있었지만 오늘 같은 날은 처음이었다.

포스트시즌에도 이 정도로 많은 인원이 이렇게 빨리 온 적은 없었던 것 같다.

"저쪽은 정찬열 선수 팬클럽인가 보네."

한쪽에 사람들이 유독 모여 있었다.

300명가량 되는 그들의 손에는 하나같이 찬열의 이름이 써진 응원 도구가 들려 있었다.

그들만이 아니었다.

경기장을 찾은 와이번스의 팬들 중 과반수가 찬열의 상품을 착용하고 있었다.

"대단한 인기네."

프로 선수의 인기의 척도는 상품의 판매로 알 수 있었다.

유니폼 한 벌에 몇만 원이다.

기록을 기념해서 내놓는 한정판 상품은 수십만 원을 호가
한다.

그런 물건을 사는 건 정말 팬이 아니고서는 할 수 없다.

'최근에 내놓은 30홈런 기념구도 순식간에 팔렸지.'

와이번스는 찬열을 모델로 공격적인 마케팅을 펼치고 있
었다.

오랜만에 나온 대형 신인 선수다.

많은 팬들의 기대만큼 구단에서도 기대하고 있었다.

"이 대리님! 이쪽 좀 도와주세요!"

"아, 어! 지금 간다!"

이 대리라 불린 남자는 다급히 자신을 부른 쪽으로 몸을
날렸다.


* * *


[와이번스 대 이글스! 이글스 대 와이번스의 시즌 최종전이 열리
고 있는 이곳은 인천문학구장입니다. 양팀의 선발투수인 토마스 선
수와 류성일 선수의 호투가 정말 대단합니다.]

[토마스 선수는 4이닝을 2피안타 1볼넷을 내주긴 했지만 무실점으로 이글스의 타선을 틀어막고 있습니다. 볼과 스트라이크의 비율도 매우 좋고 무엇보다 포심 최고 구속이 150㎞를 찍을 정도로 컨디션이 매우 좋은 상황입니다.]

[19승에 도전하고 있는 류성일 선수도 대단하지 않습니까?]

[맞습니다. 류성일 선수는 3회까지 10명의 타자를 상대로 1피안타를 맞은 채 모든 타자를 삼진과 내야땅볼로 돌려세웠습니다. 아직까지 외야로 간 공은 정찬열 선수의 안타가 전부입니다.]

류성일은 오늘도 압도적인 투구 내용을 선보였다.

언론에 인터뷰를 했던 것처럼 부상의 여파는 보이지 않았다.

'체인지업이 대단하네.'

후반기부터 체인지업은 류성일은 주 무기 중 하나가 되었다.

커브와 포심 두 개만으로 전반기 최고의 투수에 올랐던 류성일이다.

게다가 체인지업까지 합쳐지니 언터처블이 됐다.

'그리고 이 활약은 끝까지 이어지지.'

류성일에 대해서는 잘 알고 있다.

KBO 출신으로 최초로 메이저리그에 진출한 사나이.

메이저리그 첫해 10승을 넘긴 투수.

미래의 류성일은 대한민국 야구의 자랑이자 전설이었다.

'저 녀석을 넘어야 된다.'

첫 타석.

찬열은 류성일의 공을 때려 안타를 만들었다.

우익수 앞에 떨어지는 타구였다.

'구종은 떨어지는 체인지업이었다. 변화가 홈 플레이트에 다 와서 일어난다. 릴리스 포인트, 투구 폼 모두 포심과 똑같기 때문에 분간할 수는 없어.'

그럼 어떻게 공략을 해야 될까?

체인지업을 공략하는 법들이 머리에 떠올랐다.

'체인지업은 던지기 쉬운 구종이다. 하지만 제대로 던지기 어렵다.'

현대에 이르러 체인지업은 가장 흔한 구종 중 하나가 됐다.

하지만 제대로 던지는 투수는 많지 않았다.

체인지업의 가장 큰 효과는 변화가 아니라 느린 구속에 있다.

포심과 같은 투구 폼과 릴리스 포인트에서 던지기에 타자를 혼동시키기 쉽다.

문제는 포심과 메커니즘이 다르면 난타당하기 쉽다는 것이다.

그런 점에 있어 류성일의 체인지업에 특화된 투구 폼을 가지고 있었다.

체인지업은 일명 OK볼이라 불리는 서클 체인지업, 세 개의 손가락으로 공을 잡는 쓰리 핑거 체인지업, 그리고 팜볼이 있었다.

현재 류성일이 던지는 체인지업은 서클에 가까웠다.

'팔이 다른 투수보다 늦게 나오기 때문에 눈치채기 어렵다.'

펑—!

"스트라이크!"

[또다시 체인지업에 헛스윙! 2볼 2스트라이크가 됩니다.]

4회 첫 타자는 김대우였다.

첫 타석에서 내야땅볼로 물러났던 김대우는 두 번째 타석도 불리하게 볼카운트를 가져갔다.

그만큼 류성일의 공이 좋았다.

'류성일에게서 약점을 찾을 수 없다. 그렇다면…….'

찬열의 시선이 마스크를 쓰고 있는 박종식에게 향했다.

'포수를 공략한다.'

투구에 있어 투수의 역할은 90%이다.

그럼 남은 10%은?

바로 포수의 역할이다.

특히 투수가 신인이라면 포수의 역할은 더욱 컸다.

볼 배합부터 시작해서 작고 큰 문제를 포수가 커버해 줘야 했다.

류성일은 신인이다.

괴물 같은 성적에는 포수의 역할도 있었다.

실제로 류성일의 포수는 주전포수인 이윤태가 아니라 베테랑 박종식이 맞고 있었다.

박종식은 타격이 형편없다.

올 시즌 2할 초반 대의 타율이 증명하고 있었다.

그런데도 1군 마스크를 쓰고 있었다.

이유는?

바로 류성일 때문이다.

언론에서도 몇 번 다뤘다.

이글스 관계자들도 그것을 인정했다.

그만큼 박종식이란 포수는 류성일에게 안정감을 주었다.

'투수와 궁합이 잘 맞지만 박종식은 뛰어난 포수는 아니다.'

궁합과 능력은 별개의 문제다.

박종식의 볼 배합은 분명 뛰어나긴 하지만 약점도 있었다.

'좌우타자를 가리지 않고 바깥쪽으로 리드를 자주 한다. 몸 쪽 승부를 피하고 있어.'

몸 쪽은 바깥쪽보다 위험도가 높다.

장타를 맞을 수도 있고 조금만 빗나가도 몸에 맞는 볼이 나온다.

그렇다고 해서 몸 쪽 공을 계속 피할 순 없다.

하지만 박종식은 바깥쪽 위주로 리드를 하고 있었다.

'버릇인가?'

아니다.

그랬다면 다른 사람들에게 이미 간파됐을 것이다.

그렇다면?

'벤치에서 나온 작전일 가능성이 크다.'

베테랑이라곤 해도 1군 경험이 많지 않은 박종식이다.

당연히 배터리코치의 조언이 있었을 것이다.

그리고 박종식은 그걸 잘 따르고 있었다.

퍽―!

"볼!"

[김대우 선수 공을 잘 골라내면서 풀카운트로 끌고 갑니다! 류성일 선수 오늘 상대한 타자들 중 가장 많은 공을 던지네요.]

[벌써 11구째입니다.]

그사이 김대우는 거의 모든 공을 커트해 내면서 풀카운트를 만들었다.

'11구 중 바깥쪽이 9개였다. 하나는 실투로 가운데, 나머지 하나가 몸 쪽으로 떨어지는 커브였다.'

압도적인 비율이었다.

찬열의 가정이 점점 확신으로 물들어갔다.

퍽―!

"볼!"

[끈질긴 승부 끝에 김대우 선수 1루에 걸어 나갑니다!]

베이스 온 볼.

오늘 두 번째로 주자가 만들어졌다.

"찬열아."

타격 코치의 말에 찬열이 고개를 끄덕였다.

김대우의 출루는 병살타가 나오지 않는 이상 찬열에게까지 기회가 온다는 뜻이다.

2회에는 병살타로 찬열과 김상필 둘 다 아웃이 됐지만 이번 주자는 빠른 발의 김대우였다.

그럴 가능성이 적었다.

게다가.

딱—!

[희생번트가 나옵니다. 스타트가 빨랐던 김대우 선수 2루에 안전하게 들어갑니다. 그사이 공을 잡은 류성일이 1루에 송구, 아웃 카운트를 올립니다.]

1아웃 주자는 2루.

단타라도 상황에 따라 김대우는 홈까지 들어올 수 있다.

완벽한 득점 찬스.

하지만 류성일은 위기에 강했다.

픽—!

"스트라이크!"

[초구 빠른 볼이 바깥쪽 낮은 코스를 찌릅니다!]

후웅—!

퍽—!

[체인지업에 헛스윙! 완벽하게 타이밍을 뺐습니다!]

딱—!

[높이 뜬 공! 뻗지 못하고 중견수 방향으로 날아갑니다. 중견수 제자리에서 거의 움직이지 않고 공을 잡습니다! 2루 주자, 움직이지 못합니다!]

3구 만에 아웃 카운트가 올라갔다.

이제 2아웃.

그리고 다음 타석에는……

"정찬열! 정찬열!"

"날려라! 정찬열!"

[문학구장이 들썩이기 시작합니다! 타석에는 괴물 정찬열이 들어섭니다!]

[괴물 대 괴물의 두 번째 대결이 펼쳐지겠군요.]

[첫 번째 대결에서는 정찬열 선수가 승리를 거뒀는데요. 과연 두 번째 대결은 어찌 될지 기대됩니다!]

찬열이 타석에 들어서려 할 때.

박종식이 자리에서 일어났다.

그리고 이글스의 더그아웃에서 투수 코치가 걸어 나왔다.

'교체?'

찬열은 고개를 저었다.

고작 4회다.

류성일이 교체되기에는 이른 시점이었다.

그렇다면 왜 올라왔을까?

의문을 가지고 있는 사이 투수 코치가 마운드를 방문했다.

"감독님의 전언이다. 굳이 상대하지 않아도 된다."

무슨 뜻인지 류성일은 바로 알아들었다.

찬열은 최근 페이스가 무척 좋다.

직전 경기에서는 홈런이 없지만 최근 5경기에서 5홈런을 때려낼 정도로 장타력이 무서웠다.

지금 장타를 허용하면 2점을 헌납하게 된다.

와이번스의 투수력을 생각하면 이는 쐐기점이 될 수도 있다.

그리고 또 한 가지.

"감독님과의 약속을 잊지 말라는 말도 전해 달라고 하셨다."

"음……."

류성일의 얼굴이 진중해졌다.

이번 경기.

사실 류성일은 등판할 예정이 없었다.

그는 현재 어깨에 작은 염증이 있는 상황이었다.

시즌이 끝나면 치료를 받을 예정이다.

심한 건 아니었기에 일단 휴식을 취하면서 플레이오프를 준비하는 게 구단의 계획이었다.

하지만 류성일은 19승을 꼭 달성하고 싶었다.

신인 최다승.

거기에 자신의 이름만 올라가는 게 목표였다.

또 한 가지.

신인왕과 MVP를 동시에 타낼 것이라는 욕심도 있었다.

찬열이 뒤를 바짝 쫓아오지 않았다면 류성일도 등판을 포기했을 것이다.

하지만 동기인 정찬열이 턱밑까지 쫓아왔다.

아니, 오늘 경기의 결과에 따라 뒤집힐 거라는 게 중론이었다.

40홈런이냐 19승이냐.

단독 최다승이냐, 단독 홈런 1위냐.

모든 것이 걸린 게 오늘 경기다.

그렇기에 류성일은 등판을 고집할 수밖에 없었다.

하지만 감독도 그냥 류성일을 내보내지 않았다.

"실점을 하면 바로 교체하겠다."

경기에 들어오기 전 감독이 했던 말이다.

그것을 다시 한 번 상기시켜 주기 위해 투수 코치가 마운드를 올라온 것이다.

사실 다른 선수라면 이런 말을 하지 않았을 거다.

부담이 될 수 있으니까.

하지만 류성일이니까 할 수 있었다.

류성일은 이런 말을 부담감이 아닌 승부욕으로 바꿀 수 있는 재능이 있었다.

"알겠습니다."

예상대로 류성일이 다부진 표정으로 고개를 끄덕였다.

"그래, 후회를 남기지 않고 모든 걸 다 쏟아 내고 내려와라."

"예."

내려가는 투수 코치가 개인적 조언을 남겼다.

류성일도 그럴 생각이었다.

투수 코치가 그냥 내려가자 찬열의 머리에는 많은 생각이 떠올랐다.

'이 상황에서 코치가 나올 수 있는 가능성은…….'

고의사구나 어려운 승부.

혹은 자신 이후 처음으로 주자를 내보냈으니 조심하라는 격려를 할 수도 있다.

'쓸데없는 생각은 하지 말자. 내가 해야 될 건 공을 치는 거다.'

찬열은 마운드 위의 류성일을 노려봤다.

[경기 재개됩니다.]

[주자가 나가 있는 상황에서 과연 정찬열 선수와 어떻게 승부를 할지 궁금하네요.]

[초구 던집니다.]

펑―!

"스트라이크!"

[빠른 볼로 스트라이크를 잡는 류성일 선수. 주자가 있더라도 공격적인 피칭을 하는군요.]

류성일은 피할 생각이 전혀 없었다.

고의사구?

애초에 머리에 담지 않았다.

'내 능력으로 잡는다.'

프로에서의 1년.

그사이 류성일은 많은 게 바뀌었다.

선배들에게 프로의 마음가짐을 배우면서 배짱을 얻게 됐다.

'체인지업으로 가겠습니다.'

'좋아.'

류성일이 직접 사인을 냈다.

박종식이 허락을 하자 류성일이 공을 뿌렸다.

펑―!

"볼!"

[유인구에 속지 않는 정찬열! 원볼 원스트라이크가 됩니다!]

체인지업은 대선배인 이지성에게 배웠다.

이걸 배운 뒤부터 더욱 자신감이 강해졌다.

하지만 찬열은 속지 않았다.

1볼 1스트라이크.

이번에는 박종식이 사인을 냈다.

'몸 쪽 슬라이더.'

포수는 공 하나만을 생각하지 않는다.

공 하나를 던짐으로써 생기는 결과, 그 이후의 볼 배합까지 염두에 두고 배합을 한다.

'오늘 경기에서 몸 쪽 공은 많이 보여주지 않았다.'

허를 찌를 계획이었다.

'이후에는 커브로 유인을 하고 실패하면 바깥쪽 낮은 체인지업으로 다시 한 번 유인한다.'

박종식의 머리는 풀카운트까지 계획을 짜고 있었다.

하지만.

'내가 리드를 한다면 몸 쪽 공을 던지게 한다.'

그 생각을 찬열도 똑같이 하고 있었다.

그걸 모르는 박종식은 몸 쪽에 붙으며 미트를 내밀었다.

류성일은 그런 박종식을 믿고 슬라이드 스텝을 밟았다.

'몸 쪽을 노린다.'

결단을 내린 찬열의 눈이 빛났다.

"흡!"

쐐액-!

빠르게 날아오던 공이 몸 쪽으로 휘어 들어왔다.

그 순간 찬열의 발이 지면에 고정이 되면서 상체가 회전했다.

딱-!

경쾌한 소리와 함께 공이 높게 날아올랐다.

"와아아아!"

[좌익수 따라가는 걸 포기합니다! 흰색 공이 그대로 담장 밖으로 넘어갑니다! 정찬열 선수! 데뷔 첫해 40홈런을 기록합니다!]

\* \* \*

[인천 문학구장에서 열린 와이번스와 이글스의 최종전에서 두 신인 괴물의 희비가 엇갈렸습니다. 1승만 추가하면 신인 최다승에 단독으로 이름을 올릴 수 있었던 류성일 선수는 4회에 터진 정찬열 선수의 투런에 결국 기록 경신에 실패했습니다. 반면 정찬열 선수는 신인 최다 홈런을 40개까지 늘리며 홈런왕을 확정지었습니다. 한편 정찬열 선수의 활약으로 경기를 가져간 와이번스는 베어스를 누르고 플레이오프에 진출하게 됐습니다.]

\* \* \*

경기가 끝난 뒤.

문학구장에는 많은 팬이 남아 있었다.

모든 이가 와이번스 팬이었다.

구단 측에서 가을야구의 시작과 페넌트레이스 종료를 맞이해 팬서비스를 준비했기 때문이다.

"긴 시간 동안 저희 와이번스에게……."

구단주의 인사말로 사장 그리고 이동건 감독이 이어서 팬들에게 인사를 했다.

교장선생님의 연설처럼 긴 시간은 아니었기에 팬들은 끈기 있게 자리를 지켰다.

그리고 주장인 김상필의 인사말까지 끝나자 본격적인 행사가 시작됐다.

구단 측에서 꽤 준비를 철저히 한 게 느껴졌다.

마지막 행사인 악수회까지 끝나면서 모든 공식 일정이 마무리됐다.

경기에 녹초가 된 선수들은 팬 감사회까지 끝나자 진이 빠진 느낌이었다.

"후아…… 정말 힘들다."

"시즌 막판까지 순위가 정해지지 않았다는 게 정말 힘드네."

이성준과 이호영이 죽는 소리를 냈다.

다른 선수들도 마찬가지였다.

경기가 일찍 끝나긴 했지만 팬 감사회가 장장 2시간 동안 진행됐다.

덕분에 남아 있던 체력이 바닥났다.

찬열은 그나마 조금 여유 있는 상황이었다.

'현우 선배가 복귀한 이후로 휴식을 취할 수 있었으니까.'

올 시즌 와이번스는 포수가 가장 강한 구단으로 꼽혔다.

체력 소모가 심한 포수 포지션의 찬열이 체력이 남은 이유였다.

하지만 다른 포지션은 달랐다.

투수진과 달리 타자와 수비에서는 이렇다 할 선수가 나타나지 않았다.

덕분에 시즌 후반이 되어서도 이동건은 선수들에게 휴식을 많이 주지 못했다.

팀이 4강 확정을 짓지 못한 것도 하나의 이유다.

순위를 확정지었다면 백업 선수들을 기용했겠지만 그게 되지 못했다.

그 결과 주전 선수들은 배터리가 방전된 듯 녹초가 되어 있었다.

그때 김상필이 라커룸에 들어왔다.

힘든 기색이 역력했지만 그는 애써 선수들을 독려했다.

"자자! 모두 그동안 수고했다. 오늘은 각자 집으로 돌아가서 푹 쉬도록 하자!"

원래라면 회식을 했겠지만 오늘은 아니었다.

3, 4위가 펼치는 준플레이오프는 삼 일 뒤로 일정이 잡혔다.

촉박한 일정이기에 하루라도 빨리 체력을 회복해야 했다.

과감하게 정규시즌 종료 회식을 뺀 이유다.

선수들 역시 주장 김상필의 선택을 반겼다.

"수고하셨습니다!"

뒷정리를 끝낸 선수들이 각자 짐을 챙겨 라커룸을 빠져나갔다.

2006년 프로 야구 정규시즌이 마무리됐다.

\* \* \*


가을야구.

8개의 팀 중 상위 4팀만이 즐길 수 있는 축제다.

3, 4위 팀이 겨루는 준플레이오프는 5전 3선승제로 치러진다.

2006년 준플레이오프는 3위 수원 유니콘스 4위 인천 와이번스가 맞붙게 됐다.


[준플레이오프의 전망을……]

[저는 막강한 화력의 수원 유니콘스가 유리하다고……]

[화력이라면 홈런왕 타이틀을 가져간 정찬열 선수가 있는 와이번스가…….]

TV 스포츠프로그램에서는 연일 유니콘스와 와이번스의 준플레이오프 전망을 내놓았다.

그러는 사이 KBO에서는 두 가지 보도자료를 각 언론사에 보냈다.

[2006프로야구 정규시즌 신인왕과 MVP 후보가 결정됐습니다. 신인왕에는 인천 와이번스의 정찬열, 대전 이글스의 류성일 그리고 광주 타이거즈의 이진재 선수가 후보에 올랐습니다. MVP에는 인천 와이번스의 정찬열, 대전 이글스의 류성일 그리고 부산 자이언츠의 박대수 선수가 최종 후보로 등록이 됐습니다.]

[KBO는 12월에 있을 카타르 도하 아시안게임의 대표 팀 예비 엔트리를 발표했습니다. 신인 선수로는 투수 류성일 선수와 포수 정찬열 선수가 포함이 되어 있습니다. 한편 메이저리그에서 활약 중인…….]

기사를 확인한 정기홍의 눈이 커졌다.
자리에서 일어난 그는 곧장 찬열의 방으로 향했다.
방에는 찬열이 자고 있었다.

준플레이오프를 앞두고 체력 회복을 위해 집에서 시간을 보내는 중이었다.

아직 이른 시간이었기에 자고 있는 찬열을 정기홍이 그대로 덮쳤다.

"아들!"

"우왁! 뭐, 뭐예요?!"

갑작스런 아버지의 포옹에 찬열이 깜짝 놀란 얼굴로 정기홍을 쳐다봤다.

"축하한다! 국가대표 아들!"

"예?"

"신인왕 아들! 시즌 MVP 아들!"

"도대체 무슨 소리예요?"

어리둥절한 표정을 짓는 찬열에게 정기홍이 들고 있던 신문을 활짝 펼쳐 들었다.

스포츠신문 1면에 대문짝만 하게 실린 자신의 사진에 찬열은 단숨에 잠이 달아났다.

"KBO는 신인왕과 MVP 후보를…… 카타르 도하 아시안게임 대표 팀 예비 엔트리에…….

찬열은 기사를 찬찬히 읽어 내려갔다.

"신인 포수 정찬열을 선정했다."

자신의 이름을 발견한 찬열의 눈이 커졌다.

"축하한다! 우리 아들!"

정기홍은 진정으로 기뻤다.

나라를 대표하는 국가대표에 아들이 들어갔다.

게다가 최고의 신인, 최고의 선수를 뽑는 신인왕과 MVP 후보에 찬열이 뽑혔다.

어떤 부모가 기뻐하지 않을까?

하지만 찬열은 의외로 덤덤한 반응이었다.

"에이, 아버지. 예비 엔트리잖아요. 게다가 신인왕이나 MVP도 아직 후보고."

"허…… 반응이 왜 그렇게 시큰둥해?"

"아직 결정된 일이 아니잖아요. 그것보다는 당장 눈앞의 일부터 걱정해야 돼요."

"음, 그렇긴 하지. 오늘 미디어데이지?"

"네, 12시까지 수원으로 가야 돼요."

미디어데이는 간단히 말해 양 팀의 감독과 대표 선수 두 명이 출사표를 던지는 행사를 의미한다.

간단한 행사지만 TV에 생중계가 되기 때문에 시사하는 바는 컸다.

특히 여기에 나가는 선수는 대부분이 스타급 선수들이었다.

즉, 찬열이 여기에 나간다는 건 이미 스타플레이어가 됐다는 걸 의미한다.

"아버지는 우리 아들이 정말 자랑스럽다!"

"갑자기 왜 그래요?"

갑작스런 아버지의 말에 찬열은 당황했다.

"정말이란다."

진지하게 말하는 아버지의 모습에 찬열은 무슨 말을 해야 될지 고민했다.

그때 밖에서 어머니의 목소리가 들려왔다.

"아침 다 됐어요!"

'나이스 타이밍!'

환호를 지르고 싶을 정도의 타이밍에 찬열이 자리에서 벌떡 일어났다.

"식사하러 가시죠!"

"어, 그래."

덕분에 찬열은 어색한 분위기를 탈출할 수 있었다.

하지만 마음 한편이 뭉클했다.

'내가 자랑스럽다……'

아버지의 그 말이 오랜 시간 귓가를 울렸다.

\* \* \*

식사가 끝난 뒤, 아버지는 한참 동안이나 전화 공세에 시

달려야 했다.

친척들은 물론이거니와 지인들에게서 전화가 쏟아졌다.

어머니 역시 마찬가지였다.

찬열의 전화도 불을 뿜기 시작했다.

이름도 기억나지 않는 동창들의 전화가 시작이었다.

[이야~ 찬열아, 기사에서 봤다! 언제 한번 만나서 술 한잔하자!]

[찬열아~ 나 주희야! TV에서 네 얼굴 보고 놀랐어. 혹시 시간 있
으면 밥이나 같이 먹자!]

이 정도는 그래도 애교 수준이었다.

그나마 동창이라는 연결선이 있으니까 말이다.

하지만 시간이 지나자 점점 더 이상한 전화가 오기 시작했다.

[정찬열이! 나 대승고 37기 졸업생 박태곤이야! 다름이 아니라
준플레이오프 티켓 좀 구해주겠어?]

[저 옆 학교에 다녔던 덕수고등학교 이현준인데…….]

도대체 무슨 전화가 이렇게 오나 싶을 정도였다.

"준플레이오프 확정될 때도 이렇게까진 안 왔는데."

언론의 파급력을 새삼스레 깨달으며 찬열은 진지하게 번
호를 바꿔야 되나 고민을 했다.

"찬열아."

"예, 아버지."

"혹시 준플레이오프 티켓 좀 구할 수 있겠니?"

"아, 많이는 안 되고……."

"우리 가족들만 갈 거다. 관심 있는 애들만 갈 거니까 7장 정도만 있으면 될 거 같은데. 안 되니?"

찬열은 고민에 빠졌다.

포스트시즌 진출 팀에게는 구단 내부에서 사용할 수 있는 티켓이 미리 지급된다.

선수들의 가족이나 구단이 이벤트 형식으로 배포하게 하기 위함이다.

와이번스도 그런 티켓이 있었다.

문제는 1, 2차전이 수원에서 열린다는 점이었다.

"그럼 3차전 문학구장에서 하는 경기로 구해드려도 돼요?"

"괜찮고말고! 부탁 좀 하마."

"예."

아버지는 크게 기뻐하며 방을 나갔다.

닫히지 않은 문사이로 고모와 통화를 하는 아버지의 목소리가 들려왔다.

"응! 나다. 그래! 우리 찬열이가 누군데 그 정도도 못 해주겠니? 1, 2차전은 수원에서 하니까 그냥 우리집에서 TV로 보고 3차전 문학구장에 가서 관람을 하자! 그래, 그래! 티켓 걱정하지 말고!"

당당하게 이야기하시는 아버지의 모습에 찬열의 입가에

미소가 그려졌다.

'한국에서 야구하길 잘했다.'

찬열은 좋은 마음으로 쉬다 시간에 맞춰 집을 나섰다.


"예, 형님! 여기 역 앞이에요. 1번 출구요. 아, 저기 보이네요!"

전화를 끊고 얼마 뒤.

찬열의 앞으로 한 대의 스포츠카가 멈춰 섰다.

흰색의 깔끔한 포르쉐.

찬열은 망설이지 않고 차문을 열었다.

"미안하다. 오는데 차가 좀 밀리네."

"괜찮습니다. 이렇게 와주셔서 감사합니다."

운전석에 있는 윤정길과 반갑게 인사한 찬열이 조수석에 앉았다.

"설마 네가 차는커녕 운전면허도 없을 줄은 몰랐다. 요즘은 민증 나오자마자 따지 않냐?"

"운동하는 데 정신없어서 미처 생각하지 못했어요."

"하긴, 운동부가 면허 딸 시간이 어디 있겠냐. 그래도 이번에는 따라. 한국에서 면허 없으면 돌아다니기 힘들어."

시즌 중에는 단체로 이동을 한다.

하지만 야구선수는 비시즌에도 각종 행사에 참가해야 된다.

특히 메이저리그와 달리 한국에서는 여러 개의 시상식이

있었다.

찬열 정도라면 각종 시상식에 불려 다녀야 했다.

그럴 경우 차가 없다면 이동이 꽤나 힘들어진다.

경험에서 나온 선배의 말에 찬열이 고개를 끄덕였다.

"예, 포스트시즌이 끝나면 알아보겠습니다."

"그래. 참, 거기 봉투 하나 있지? 안에 보면 이번 미디어 데이에 나올 질문들 추려놓은 게 있다. 워낙 일정이 촉박해서 구단에서도 이제 만들었다더군. 일단 좀 읽어둬라."

"예, 알겠습니다."

찬열이 예상 질문을 읽어보는 사이 차는 고속도로에 접어 들었다.

2장
준플레이오프

　고속도로는 차가 많이 밀리지 않아 예상보다 20분가량 일찍 도착했다.

　두 사람이 주차장에 내리자 미리 나와 있던 구단 관계자가 맞이했다.

　"오시느라 고생 많으셨습니다. 감독님이 기다리고 계십니다."

　관계자를 따라 도착한 곳에는 이동건 감독이 기다리고 있었다.

　"오느라 고생들 했어."

　"늦어서 죄송합니다."

　윤정길의 사과에 이동건이 웃으며 고개를 저었다.

　"근처에 친척의 집이 있어 신세를 진 덕분에 일찍 도착했다. 자, 아직 시간 여유가 있으니 앉아서 쉬도록 해."

이동건은 단체에게 이야기를 할 때는 존댓말을, 이렇게 개인적인 자리에서는 친근하게 선수를 대했다.

찬열은 그게 궁금해서 물어본 적이 있었다.

어째서 훈련을 할 때나 선수들이 단체로 모여 있을 때는 존댓말을 하는지 말이다.

이동건은 선수를 존중해 주기 위함이라고 대답했다.

약간의 휴식 이후.

방송 관계자가 들어와 시간이 되었음을 알려주었다.

"자, 가지."

이동건을 선두로 세 사람이 미디어데이가 열리는 장소로 향했다.

이미 많은 기자가 모여 있었기에 세 사람이 들어오자 플래시 세례가 터졌다.

'후우-! 드디어 시작이다.'

미디어데이는 일종의 전초전이다.

포스트시즌에서 맞붙는 양 팀의 수장과 주요 선수가 나와 신경전을 벌인다.

찬열은 말없이 그 신경전을 지켜봤다.

"윤정길 선수! 준플레이오프 1차전 선발로 예정되셨는데 기분이 어떻습니까?"

"평소와 같습니다."

"떨리지는 않습니까?"

"유니콘스와는 정규시즌에도 4번 붙어 모두 승리를 챙겼습니다. 떨릴 이유는 없습니다."

"오오~"

기자단이 술렁였다.

윤정길은 사실 그대로를 이야기했다.

정규시즌에서 윤정길은 유니콘스 전에 4번 마운드에 올라 4승을 챙겼다.

평균 자책점은 0.6으로 극강의 모습을 보여주었다.

강타선을 지닌 유니콘스지만 윤정길에게는 단 하나의 홈런도 기록하지 못했다.

당연히 유니콘스 입장에서는 기분이 나빠질 수밖에 없었다.

타자 대표로 참가한 유니콘스의 베테랑 이재명이 마이크를 잡았다.

"저희가 비록 정규시즌에는 약한 모습을 보였지만 플레이오프 경험은 월등합니다. 준플레이오프 1차전에서 경험이 얼마나 중요한지 보여드리도록 하겠습니다."

"오오~!"

점점 미디어데이의 분위기가 달아올랐다.

기자들 역시 신나서 질문을 이어갔고 기사거리가 많아졌다.

찬열도 몇몇 질문에 대답을 하며 첫 행사를 즐겼다.

* * *

다음 날.

수원종합운동장 야구장이 만원 관중을 이뤘다.

[가을야구가 드디어 시작됐습니다. 수원에서 열리는 준플레이오프 1차전! 수원 유니콘스 대 인천 와이번스의 대결 지금부터 중계해 드리도록 하겠습니다. 옆에는 해설위원 이순경 위원님께서 나오셨습니다.]

[안녕하십니까.]

준플레이오프의 시작.

마운드에는 유니콘스의 1선발이자 최고의 투수 중 한 명인 정우성이 올라와 있었다.

[자, 경기 시작합니다. 사인을 교환한 정우성 선수, 초구 던집니다.]

"흡!"

펑-!

[날카롭게 몸 쪽을 찌르는 포심 패스트볼. 스트라이크입니다. 구위가 매우 좋아 보이네요.]

[최고 150㎞의 공을 던질 수 있고…….]

경기가 시작됐다.

찬열은 더그아웃에 앉아 자신의 차례가 올지 차분히 지켜보고 있었다.

하지만 평온한 겉모습과 달리 찬열은 긴장하고 있었다.

"후우-!"

'심장이 왜 이렇게 빨리 뛰지?'

평소와 달리 빠르게 요동치는 심장박동에 찬열은 당혹스러움을 느꼈다.

사실 그런 찬열의 모습은 이상한 게 아니었다.

흔히 포스트시즌을 농사에 비견한다.

이유는 간단하다.

가을에 추수를 하기 위해 봄, 여름에 많은 준비를 하는 농사처럼 야구 역시 마찬가지였기 때문이다.

포스트시즌이라는 가을 축제를 위해 선수들은 혹독한 훈련을 견디고 많은 경기를 치른다.

그리고 가을야구라는 커다란 결과물을 손에 넣는다.

그렇게 얻은 가을야구다.

떨리지 않는 게 이상했다.

하지만 찬열은 이 긴장감이 시합에서 얼마나 위험한 것인지 잘 알고 있었다.

찬열은 눈을 감고 마이너리그 시절을 떠올렸다.

'팜 디렉터의 눈앞에서 실수했던 그때를 생각해 봐.'

팜 디렉터.

한국으로 따지면 2군 육성총괄쯤으로 생각하면 된다.

트리플A에서 상주하면서 감독과는 또 다른 눈으로 선수를 지켜보고 쓸모 있는 선수를 메이저리그에 올려보내는 역할을 한다.

'데뷔 2년 만에 트리플A에 승격한 난 자신감이 넘쳤었다.'

찬열은 미국에서 실패만 했던 건 아니다.

워낙 야구 센스와 실력이 좋았던 그는 1년 차에 꽤 좋은 성적을 냈다.

덕분에 2년 차에 트리플A 스프링캠프에 참여할 수 있었다.

트리플A 스프링캠프에는 마이너리그 선수만 참여하는 게 아니다.

메이저리그 선수들과 섞여 연습경기를 치르면서 쓸 만한 재목을 골라낸다.

그 역할을 바로 팜 디렉터가 한다.

통역에게 그러한 사실을 전해 들은 찬열은 극도의 긴장감을 했다.

그 결과.

'실수에 실수를 연발했었지.'

자신이 생각해도 형편없는 경기력을 선보였다.

그리고 그게 끝이었다.

메이저리그 승격의 꿈은 날아갔다.

그 충격으로 트리플A에서도 제대로 된 성적을 내지 못했다.

그 결과 시즌 초반이 지나갈 무렵 찬열은 더블A로 강등됐다.

이후 메이저리그는커녕 트리플A에 올라가지 못했었다.

'그때의 일을 반복할 생각이냐?'

찬열이 자문했다.

그리고 그는 천천히 자리에서 일어났다.

'절대! 네버! 그때로 돌아가지 않겠어.'

흔들리던 그의 눈빛이 원래대로 돌아왔다.

[1회 투아웃에 4번 타자 정찬열 선수 타석에 들어섭니다.]

"후우―!"

찬열은 타석에 발을 걸치고 가볍게 심호흡을 했다.

[올 시즌 프로 무대에 데뷔한 정찬열 선수, 정말 훌륭한 시즌을 보내지 않았습니까?]

[말을 해서 뭐할까요? 데뷔 첫해에 MVP와 신인왕 후보에 이름을 올렸습니다. 데뷔 시즌이 얼마나 화려했는지 보여주는 단적인 예죠.]

찬열의 활약을 의심하는 사람은 없었다.

시즌 초, 우연이라고 하던 사람들도 그의 활약을 인정했다.

그리고 그 활약은 정규시즌에서 끝나지 않았다.

딱―!

[3구를 강타! 멀리 갑니다! 정찬열 선수, 천천히 그라운드를 돌기 시작합니다! 중견수, 따라가는 걸 포기하네요. 그대로 담장 넘어갑니다! 1회 초 시작부터 투런 홈런을 때려내는 정찬열 선수입니다!]

[환상적인 스윙이 나왔습니다! 정찬열 선수의 빠른 배트 스피드가 정우성의 속구를 그대로 강타했습니다.]

2점의 리드.

그리고 이 점수는 결승점이 되었다.

이후 정찬열은 2개의 안타와 1개의 볼넷을 더 기록했다.

하지만 후속타가 터지지 않으면서 매번 루상에 남았다.

이날 와이번스는 8개의 안타를 기록했지만 점수는 정찬열이 기록한 2점이 전부였다.

유니콘스 역시 윤정길의 호투에 막히면서 단 1점도 내지 못하고 빈타에 시달렸다.

하지만 2차전에서 유니콘스는 달라졌다.

딱―!

[쳤습니다! 우중간을 가르는 적시타! 3루 주자, 2루 주자 그리고 1루 주자까지 홈으로 들어옵니다! 싹쓸이 2루타! 박상재 선수의 3타점 2루타가 7회 말에 터집니다!]

[1차전에서 에이스 윤정길에게 막혔던 박상재 선수, 하지만 2차전에서는 맹타를 휘두르며 벌써 5타점을 기록합니다.]

2루에서 주먹을 불끈 쥐어 보이는 박상재의 모습에 찬열의 얼굴이 굳어졌다.

'이걸로 8 대 4······.'

4점 중 3타점은 찬열이 냈다.

나머지 1점은 김상필이 솔로 홈런으로 만들어냈다.

문제는 그 뒤로 추가점이 없다는 것이다.

찬열은 두 번이나 더 타석에 나갔지만 유니콘스의 배터리는 제대로 된 승부를 하지 않았다.

투수는 유인구를 연속해서 던졌다.

결코 좋은 코스가 아니었기에 기다린 결과 1개의 볼넷을 얻었다.

김상필은 1회 솔로 홈런 이후 삼진과 범타로 물러났다.

그 범타는 바로 자신의 출루와 맞물려 병살타로 끝나고 말았다.

'제길······.'

유니콘스의 작전이 불 보듯 뻔했다.

현재 와이번스의 타격 페이스는 전체적으로 떨어져 있다.

9명의 선수 중 7명이 정규 타석을 채웠다.

주전 선수들이 부상 없이 시즌을 치렀다는 이야기다.

문제는 그게 정말 시즌 막판까지 이어졌다는 점이다.

무엇보다 와이번스는 4위로 시즌을 마감했다.

즉, 정규시즌이 끝나고 바로 준플레이오프를 준비해야 했다.

반면, 유니콘스는 와이번스보다 일찍 순위를 결정했다.

마지막 경기에는 백업 선수들 위주로 경기에 출전시켜 주전 선수들에게 휴식을 주었다.

즉, 화력에서 차이를 보인다는 뜻이다.

그나마 멀쩡한 찬열이나 박현우를 유인구 위주로 승부를 하면서 승부를 피한 것이다.

단순하지만 완벽한 작전.

덕분에 유니콘스는 2차전을 가져가며 승리를 원점으로 돌렸다.

[스코어 10 대 4로 유니콘스가 2차전을 가져갑니다! 이로써 준플레이오프는 다시 원점으로 돌아간 상황에서 장소를 인천으로 옮깁니다!]

\* \* \*

다음 날.

찬열은 평소보다 조금 일찍 구장에 도착했다.

너무 이른 시간이었지만 일찍 도착한 이유가 있었다.

"자, 여기 있습니다."

이혜성 대리가 내미는 티켓을 본 찬열의 입가에 미소가 그려졌다.

"감사합니다."

"아니에요, 어차피 협회에서 선수들한테 주라고 나오는 티켓인데요. 오늘 가족들이 오시나 봐요?"

"예, 부모님이랑 친척분들이 오시기로 되어 있습니다."

"이야~ 그거 정말 좋으시겠네요."

이혜성의 말에 찬열은 어색하게 웃었다.

사실 좋고 말고가 없었다.

지금 그의 머릿속에는 오늘 경기에 대해서만 가득했다.

덕분에 이 티켓도 잊어버리고 있었다.

이혜성이 직접 찾아와 건네주기 전까지 말이다.

"이렇게 직접 가져다주셔서 감사합니다."

"아닙니다. 당연히 해야 될 일이었는데요. 오늘 경기도 힘내시길 바랄게요!"

"예."

인사를 하고 헤어진 찬열은 곧장 사무실로 향했다.

첫 입단 당시 김태원의 도움으로 선수들의 분석 자료를 보던 곳이었다.

이곳에 다시 온 이유는 오늘 상대인 유니콘스에 대한 자료를 다시 한 번 체크하기 위함이다.

"선수들은 매일같이 변한다. 2차전의 자료를 토대로 3차전에서 어떻게 나올지 판단을 해야 돼."

2차전의 패배.

찬열의 입장에서는 할 수 있는 게 없었다.

토마스는 꽤 좋은 컨디션에서 공을 던졌지만 유니콘스의 타선이 한 수 위였다.

리드에 실수가 있었다고는 생각하지 않는다.

"하지만 완벽하다고도 할 수 없다."

찬열은 유니콘스의 자료를 하나하나 읽기 시작했다.

2차전에서 누가 어떤 공을 쳤으며 타구의 방향, 거리 등 모든 것을 알아내기 위해 자료를 읽었다.

\* \* \*

"아버지, 여기요."

"그래, 고맙다."

구단 직원인 이혜성의 도움으로 아버지는 구단에 들어올 수 있었다.

찬열이 나가서 전해줄까도 했지만 그렇게 되면 혼란이 야기된다.

누가 뭐래도 찬열은 와이번스 최고의 스타였으니까.

"작은아버지와 고모가 고맙다고 대신 전해 달라고 하더구나."

"당연히 해야 될 일인데요."

아들의 의젓한 대답에 정기홍의 입가에는 미소가 그려졌다.

"참, 고모가 이번 준플레이오프가 끝나면 같이 식사를 하자더구나. 시간 괜찮겠니?"

찬열은 바로 대답을 하지 않고 잠시 생각을 했다.

준플레이오프가 끝나더라도 찬열의 스케줄은 끝난 게 아니다.

하지만 식사할 시간을 내는 건 어렵지 않을 거란 생각이 들었다.

"예, 괜찮을 거 같아요."

"그래, 그럼 그렇게 전하마. 오늘 경기 파이팅해라!"

환한 미소와 함께 멀어지는 아버지의 모습에 찬열도 덩달아 기분이 좋아졌다.

좋아진 기분으로 찬열은 사전회의에 참석했다.

"추운 날씨에도 매진이 됐다고 하더군요."

단상에 선 이동건 감독의 말은 사실이었다.

문학구장에서 열리는 3차전의 티켓은 이미 매진이 됐다.

현장 판매 역시 5분 만에 동이 날 정도로 엄청난 인기를 끌었다.

덕분에 프런트 직원들은 미소가 떠나지 않았다.

티켓 판매는 곧 구단의 수익으로 이어지니까 말이다.

하지만 선수들의 입장에서는 부담감이었다.

"그럼 팬들의 기대에 보답하는 경기를 해주시길."

이동건의 말에 가시가 있었다.

그 역시 2차전의 경기가 마음에 들지 않았다.

안타 개수는 넘어간다 하더라도 잔루가 많았던 게 결정적이었다.

게다가 수비에서도 에러가 연달아 나왔다.

그 숫자만 무려 3개.

모두 중요한 순간에 나온 것들로 이동건의 입장에서는 용납이 안 됐다.

"그럼 지금부터 회의를 시작하겠습니다."

이동건의 지휘 아래 회의는 빠르게 진행이 됐다.

선수들 역시 평소보다 더 집중해서 회의에 빠져들었다.

홈에서 하는 경기다.

팬은 물론이거니와 가족들이 찾아오는 선수들도 많았다.

이런 경기에서는 반드시 이기는 모습을 보여주고 싶은 게 사람 마음이었다.

그건 찬열 역시 마찬가지였다.

\* \* \*

준플레이오프 3차전이 시작됐다.

관중석을 가득 채운 야구팬들은 각자의 팀을 응원하느라 정신이 없었다.

그사이 그라운드에 올라온 선수들이 준비를 끝냈다.

홈경기이기 때문에 와이번스는 수비부터 시작을 했다.

찬열은 마스크를 쓰고 캐처 박스에 앉았다.

그사이 유니콘스의 1번 타자 전영기가 타석으로 들어왔다.

"잘 부탁합니다."

가볍게 헬멧을 벗어 구심에게 인사를 한 그와 살짝 눈이 마주쳤다.

하지만 이내 고개를 돌려 마운드 위의 투수를 노려봤다.

오늘 와이번스의 투수는 박상두였다.

본래 토종 원투펀치로 2선발이던 박상두지만 시즌 중반 잠깐 로테이션에서 빠졌다.

손목의 통증이 이유였는데 심각한 건 아니었다.

그때 토마스에게 2선발 자리를 뺏기고 그 뒤로 3선발로 시즌을 마무리했다.

'정규시즌 중에는 나와 궁합이 잘 맞지 않았는데. 오늘은 어떨지……'

투수와 포수의 궁합은 매우 중요하다.

배터리의 주인공은 투수다 보니 서로의 이름값에 따라 충돌이 일어나는 경우가 있었다.

박상두와 정찬열이 딱 그랬다.

시즌 초반에만 하더라도 찬열의 리드를 잘 따라주던 박상두였다.

하지만 부상 이후부터는 완전히 달라졌다.

리드를 자주 거부했고 때로는 사인과 맞지 않는 공을 던지기도 했다.

실제로 시즌 후반에는 이동건 감독이 박현우를 박상두의 전담 포수로 맡길 정도였다.

만약 박현우가 무릎 통증에 대해 말하지 않았다면 오늘 마스크를 쓰는 건 찬열이 아니라 그가 되었을 것이다.

'쓸데없는 생각은 그만하자. 난 나대로 리드를 하면 돼.'

찬열은 고개를 흔들어 잡념을 떨쳐냈다.

"플레이볼!"

구심의 콜과 함께 찬열이 움직였다.

'바깥쪽 낮은 코스 포심.'

찬열은 정석대로 움직였다.

유니콘스의 전영기는 콘택트 위주의 타자다.

때로는 기습번트를 해서 내야안타를 만들 정도로 발도 빨랐다.

하지만 1차전과 2차전에서는 빠른 발을 보여주지 못했다.

견제사와 도루 실패도 1번씩 있었다.

'정규시즌 도루 성공률이 90퍼센트가 넘는다. 그런데 2차전에서 도루 실패할 때의 모습은 분명 제대로 된 모습이 아니었다.'

그래서 찬열은 전영기가 부상이 있을 거라 생각했다.

정규시즌이 끝나는 시점에서 대부분의 선수들은 한두 가지 자잘한 부상을 가지고 있다.

단지 경기에서 빠질 정도로 심각하지 않을 뿐이다.

그렇다고 고통이 작은 건 아니었다.

박현우만 하더라도 앉았다 일어나는 게 고통스러워 준플레이오프에 마스크를 쓰지 못하고 있으니 말이다.

'이런 상황에서 기습번트는 없다. 또한 1, 2차전에서 보여준 타구 방향도 모두 당겨 쳐서 만든 거다.'

이런 점들이 찬열이 바깥쪽 코스를 선택한 이유다.

하지만 박상두는 고개를 저었다.

'몸 쪽으로 가겠어.'

초구부터 사인이 맞지 않는다.

마스크에 가려진 찬열이 눈가를 찌푸렸다.

'후우-! 초구부터 트러블을 일으킬 필요는 없어.'

찬열은 다시 한 번 사인을 냈다.

때로는 투수의 이야기를 들어줘야 하는 게 바로 포수다.

그랬기에 몸 쪽으로 다시 사인을 냈다.

다행히 박상두가 이번에는 고개를 끄덕였다.

"후우-!"

심호흡을 뱉은 박상두가 와인드업을 했다.

쐐액-!

빠르게 날아오는 공에 전영기가 시동을 걸었다.

딱-!

세차게 돌아간 배트가 공을 때렸다.

워낙 잘 맞은 공에 놀란 찬열이 마스크를 벗고 그 자리에서 일어났다.

[초구 강타! 아~ 정말 아슬아슬하게 3루 선상을 벗어납니다. 잘 맞은 타구가 파울이 되네요.]

[정말 아까운 타구였습니다. 10센티만 안으로 들어왔어도 장타가 됐을 타구입니다.]

다시 마스크를 쓰는 정찬열은 왠지 오늘 경기가 험난할 것이란 생각이 들었다.

\* \* \*

딱-!

[쳤습니다! 중견수 키를 넘기는 큰 타구! 원바운드로 펜스를 때리는 순간 정찬열 선수, 2루로 달립니다!]

좌아아악-!

슬라이딩과 함께 2루 베이스에 들어가는 순간.

송구된 공을 잡은 2루수가 그대로 찬열의 옆구리를 태그했다.

퍽-!

"세이프!"

[세이프가 선언됩니다! 중견수의 송구가 무척 좋았지만 정찬열 선수의 발이 더 빨랐습니다!]

[중견수 박상재 선수는 올 시즌 보살 1위를 기록했습니다. 그만큼 어깨가 좋은 선수죠. 아마 정찬열 선수는 간담이 서늘했을 겁니다.]

그사이 보호 장구를 푼 찬열은 고개를 들어 백스크린을 바라봤다.

'6회에 스코어가 1 대 1이라…….'

오늘도 양 팀의 경기는 매우 박빙으로 이어지고 있었다.

찬열은 2타수 2안타를 기록했지만 타점이나 득점으로 이어지지 않았다.

와이번스의 1점은 박현우의 솔로 홈런으로 만들어졌다.

유니콘스 역시 홈런으로 만들어진 점수로 양 팀의 투수가 던진 실투가 홈런으로 이어졌다.

'완벽한 투수전이군.'

포스트시즌다운 경기에 관중석의 반응은 점점 뜨거워지고

있었다.

'상두 선배가 여기까지 해줬으면 어떻게든 해주고 싶은데……'

리드를 따라주고 말고는 상관없었다.

어쨌든 팀의 선배고 평소보다 역투를 하며 여기까지 1실점으로 팀의 마운드를 지켰다.

이쯤 되면 어떻게든 승리투수로 만들어주고 싶은 게 포수의 마음이었다.

하지만 당장 그가 할 수 있는 건 많지 않았다. 아니, 거의 없다고 봐도 과언이 아니었다.

'상필 선배! 한 방 날려 줘요!'

타석에는 김상필이 들어서 있었다.

최근 타격감이 떨어진 그였다.

하지만 이동건 감독은 김상필을 믿고 있었다.

포스트시즌은 단기전이다. 압박감 역시 정규시즌과는 다르다.

한 번의 실수가 곧 패배로 이어지고 패배는 팀의 탈락으로 이어지기도 했다.

당연히 신인은 큰 중압감을 느낀다. 베테랑 역시 부담감을 느끼는 건 마찬가지다. 하지만 신인보다는 조금 더 가벼웠다. 이미 경험을 해보았기에 완벽히는 아니지만 조금은 적응을 한 것이다. 그래서 포스트시즌에서 좋은 활약을 펼치는 선수는 베테랑인 경우가 많았다.

게다가 김상필은 한 방이 있다.

단기전에서는 기관총 여러 발보다는 폭탄 한 방이 위력적이다.

그것을 잘 알고 있기에 이동건은 김상필을 여전히 5번에 기용했다.

'찬열에 대한 견제는 유니콘스만이 아닐 것이다.'

이동건은 준플레이오프만이 아니라 그 이상을 보고 있었다.

와이번스가 한국 시리즈까지 진출하게 된다면 3개의 팀과 맞붙게 된다.

그리고 최대 17번의 경기를 치러야 했다. 최소 3타석씩 가정하면 51번 타석에 서게 된다.

'다른 팀들 역시 찬열을 지금처럼 집중 견제를 하게 되면 찬열의 타격 폼이 무너질 가능성이 농후하다.'

투수건 타자건 자세가 무너지는 건 순식간이었다.

그 이유도 다양했다.

지금처럼 상대가 제대로 된 승부를 하지 않아도 타격 폼이 무너지는 타자들도 있었다.

실제로 찬열은 시즌 중반에 한 번 그랬던 적이 있다. 하지만 금세 원래대로 돌아왔다.

'그러나 지금은 포스트시즌이다. 자신을 계속 피해 간다면 무리한 타격을 할 수도 있다.'

아직 신인이다.

감독이 걱정하는 건 당연했다.

그랬기에 김상필의 부활을 기대했다.

'만약 상필이가 부활을 한다면 찬열이와 승부를 피하는 걸 할 수 없을 거다.'

찬열은 발도 빨랐다.

주루 센스도 좋은 편이라서 단타에도 투베이스를 가는 경우도 허다했다.

그런 찬열이 주자로 나간다는 건 투수들에게 부담이었다.

그런데도 승부를 피하는 건 장타가 두렵기 때문이다.

하지만 김상필이 부활한다면 찬열을 피하는 일은 없을 것이다.

'제발 부활해다오.'

타석의 김상필을 바라보며 이동건은 간절히 바랐다.

그사이 김상필은 투볼 투스트라이크의 볼카운트를 만들었다.

타석에서 물러나 재정비를 하던 그가 2루에 있던 찬열과 눈이 마주쳤다. 그때 헬멧을 만졌다. 언뜻 보면 헬멧을 고쳐 쓰는 모습이었다.

'사인!'

하지만 와이번스 선수단은 그 의미가 무엇인지 잘 알았다.

타석에서 벗어나서 헬멧을 왼손으로 만진다.

그건 '히트 앤드 런'이란 작전을 의미했다.

이후 김상필은 별다른 동작이 없었다. 벤치의 지시를 기다리는 모습이었다.

작전은 선수가 낼 수 없다. 벤치 고유의 권한이었다.

선수가 제안을 할 수 있지만 허락이 떨어지지 않는 이상 작전은 나오지 않는다.

그랬기에 최호성 수석 코치는 이동건을 바라봤다.

'상필이가 저렇게 작전을 요청하는 건 드문 일이다. 그렇다면 확신이 있다는 소린데.'

이동건은 고개를 끄덕였다.

그러자 최호성이 곧장 수비 코치를 바라봤고 수비 코치는 곧장 사인을 냈다.

그 사인은 그라운드에 있는 주루 코치, 주자인 찬열 그리고 타자인 상필에게 전해졌다.

신속한 승낙에 상필은 미소를 지으며 타석에 들어섰다.

'자, 보여다오. 뭘 잡았기에 작전을 요구했는지 말이야.'

이동건은 평소보다 기대 어린 시선으로 김상필의 타격을 지켜봤다.

[다시 타석에 들어서는 김상필 선수, 아직 포스트시즌에 이렇다 할 활약을 보여주지 못하고 있는데요.]

[그렇습니다. 지금까지 1안타밖에 기록하지 못했습니다. 지금두 2볼 2스트라이크로 타자에게 불리한 볼카운트입니다. 과연 2루 주자를 불러들일 수 있을지 궁금합니다.]

[투수, 2루 주자를 눈으로 견제하고 공 던집니다!]

"흡!"

투수의 발이 홈 플레이트로 향하는 순간. 정찬열이 스타트를 걸었다.

히트 앤드 런.

간단히 말해 타자는 어떤 공이라도 때리고 주자는 공을 때리기 전에 스타트를 해 한 베이스라도 더 가는 작전을 의미한다.

성공하면 주자가 2루에 있을 시 단타라도 바로 득점으로 이어질 수 있다.

주자가 1루에 있을 때는 땅볼이 나와도 스타트가 빠르기 때문에 병살이 될 가능성도 낮출 수 있었다.

하지만 단점도 있었다. 라인드라이브성 타구가 나오면 바로 아웃이 된다.

작전의 성공은 팀의 사기가 상승하는 결과를 준다. 하지만 반대는 사기가 떨어진다. 즉, 양날의 검이란 소리다.

그럼에도 이동건은 김상필의 선택을 존중했다. 선수를 믿는 감독. 그건 김상필에게 큰 힘이 됐다.

딱—!

[잘 맞은 타구! 유격수 키를 넘깁니다!]

'늦어!'

이동건 감독의 표정에 놀란 감정이 나타났다.

찬열의 스타트가 늦었기 때문이다.

타구가 워낙 빠른 데다가 유격수에게 라인드라이브로 날아갔기에 잡히는 코스였다.

그랬기에 찬열은 순간적으로 스타트를 멈췄다.

야구에서 주자의 주루는 폭발력이란 말로 대신할 수 있었다. 스타트 직후의 속력은 다른 종목에 비해 느리지만 가속도가 붙으면서 폭발적인 속도를 낸다.

그런데 스타트를 한 번 멈췄으니 가속도가 붙는 시간이 더딜 수밖에 없었다.

실제로 3루에 도착했을 때 좌익수가 공을 잡고 있었다. 3루 주루 코치도 멈추라는 사인을 냈다.

'제길……'

자신의 실책에 찬열은 자책할 수밖에 없었다.

그때였다.

"뛰어! 뛰어!"

3루 주루 코치가 세차게 팔을 돌리며 소리쳤다.

갑작스런 일에 어리둥절했지만 찬열은 의문을 한쪽에 치워두고 다시 속도를 냈다.

순식간에 3루를 돈 그는 곧장 홈으로 파고들었다.

촤아아악-!

헤드 퍼스트 슬라이딩으로 홈을 쓸고 지나간 찬열이 자리에서 일어났다.

그제야 공은 포수의 미트에 들어갔다.

'어째서?'

정상적인 플레이가 이루어졌다면 완벽한 아웃타이밍이었다.

그런데 공이 늦게 도착했다. 어떻게 된 일인지 파악하기 위해 그라운드 상황을 살폈다.

그때 2루에서 일어나는 김상필이 보였다.

'왜?'

김상필은 1루에 있어야 했다. 자신이 3루에서 멈추려고 했으니까 말이다.

그런데 2루에 있다.

흩어져 있던 퍼즐들이 맞춰지기 시작했다.

'내가 스타트가 느린 걸 확인하고 2루로 달렸다. 좌익수는

나와 선배의 움직임을 보고 2루에 공을 던졌을 것이다. 그걸 확인한 코치님이 홈 사인을 낸 거고.'

퍼즐이 맞춰졌다.

유격수가 다시 공을 받아 홈으로 던지는 약간의 시간.

그 시간이면 찬열이 홈으로 파고들기에는 충분한 시간이었다.

'그 짧은 시간에 팀플레이를 생각하고 저기까지 가시다니.'

새삼스레 베테랑의 노련함에 감탄이 나왔다.

더그아웃에 들어가던 찬열은 김상필과 만났고 주먹을 내밀었다.

"덕분에 살았습니다."

"짜식."

툭-!

이 1점은 결승점이 되었고 와이번스는 2승을 챙길 수 있었다.

\* \* \*

"후우-!"

[와이번스의 마무리투수 김상훈이 마운드에 오릅니다.]

[준플레이오프 1차전에도 마운드에 올라 3명의 타자를 완벽히 틀어막았습니다.]

준플레이오프 4차전.

이번 경기의 주인공은 김상필이었다.

전날 1타점과 함께 마지막 타석에서 2루타를 기록한 김상필은 완벽하게 부활했다.

3타수 2안타 1볼넷.

완벽하게 자신의 페이스를 되찾은 그는 타점도 2개를 기록했다.

그리고 9회 말 현재.

2 대 0으로 리드한 와이번스는 마무리투수 김상훈을 올렸다.

올 시즌 31세이브에 평균자책점 2.17을 찍은 김상훈. 그는 과감하게 초구를 던졌다.

"흡-!"

펑-!

[153km의 빠른 공이 스트라이크존 한가운데를 꿰뚫습니다!]

[구위가 매우 좋습니다. 3차전에서도 등판을 했지만 많은 공을 던지지 않았기에 여전히 공에 힘이 실려 있습니다.]

[2구 던집니다.]

"흡!"

후웅-!

[떨어지는 포크볼에 헛스윙!]

[포심이 위력이 있기 때문에 포크볼도 자신 있게 던질 수 있는 겁니다.]

"흡!"

[제3구!]

딱-!

[쳤습니다! 하지만 내야에 높이 뜬 공! 정찬열 선수가 콜을 외치면서 가볍게 잡아냅니다. 이걸로 원아웃!]

3개의 공으로 원아웃이 만들어졌다. 그리고 김상훈은 두 번째 타자를 삼진으로 돌려세웠다.

[자, 드디어 마지막 타자와 상대합니다. 타석에 이번 준플레이오프에서 홈런을 기록한 박상재 선수가 들어섭니다.]

[2점의 리드가 있기 때문에 어려운 승부를 할 수도 있…….]

"차앗!"

펑-!

[한가운데를 찌르는 포심 패스트볼! 김상훈 선수와 정찬열 포수! 정면승부를 택합니다!]

상대가 강하다고 피할 이유는 없었다.

투수의 공이 좋다.

게다가 팀이 이기고 있는 상황이다. 이런 상황에 승부를 피한다면 팀의 사기에 영향을 끼친다. 그걸 알기에 찬열은 과감한 승부를 택했다.

'몸 쪽 낮은 코스 포심.'

김상훈이 고개를 끄덕였다. 그 역시 찬열과 같은 생각이었다.

상대가 아무리 최고의 타자 중 한 명이라도 자신의 공이면 잡을 수 있다. 그런 자신감이 있었다.

"차앗!"

와인드업을 하며 뿌린 공이 세차게 날아갔다.

후웅−! 딱−!

"파울!"

박상재의 배트가 매섭게 돌았다. 하지만 조금 밀리면서 공은 백네트를 흔들었다.

"칫!"

아쉬워하는 박상재의 모습이 찬열도 이해가 됐다. 조금만 더 빨랐다면 정타가 됐을 거다. 하지만.

'그 약간의 차이가 안타와 파울을 가르는 거지.'

다시 캐처 박스에 앉은 찬열은 다시 한 번 포심을 요구했다.

하지만 이번에는 조금 다른 코스였다.

'가운데, 높은 코스 포심.'

일명 하이 패스트볼이라 불리는 코스였다.

스트라이크존보다 공 반 개 정도 높은 위치로 타자의 가슴 부근으로 들어오는 공이었다.

이 공은 유인구로 타자가 속기 쉬운 코스다.

중계로 보면 왜 속는지 이해가 되지 않지만 시선과 가깝기 때문에 몸이 먼저 반응해 배트가 돌아간다.

문제는 이 코스로 던지는 게 쉬운 일이 아니라는 것.

　제구가 잘못되면 너무 높게 들어가거나 치기 딱 좋은 코스가 되기 때문이다.

　그만큼 배짱이 있어야 되는 코스.

　그리고 그 배짱은 김상현에게 있었다.

　"차앗!"

　쐐애애액-!

　공이 세차게 회전을 하며 미트를 향해 날아들었다.

　바람을 가르며 날아오는 공에 박상재의 배트가 돌아갔다.

　'맞아라!'

　후웅-!

　찬열의 눈에 배트가 공의 밑을 지나가는 게 보였다.

　펑-!

　공이 미트 안에 들어와 맹렬히 회전했다.

　"스트라이크! 아웃!"

　"와아아아!"

　"이겼다!!!"

　더그아웃에서 선수들이 몰려 나왔다. 찬열도 마스크를 벗고는 마운드에 올라가 김상현과 손을 꽉 마주 잡았다.

　[와이번스 유니콘스를 누르고 플레이오프에 진출합니다!!!]

* * *

[인천 와이번스가 수원 유니콘스를 시리즈 전적 3 대 1로 누르고 플레이오프에 진출했습니다. KBO는 준플레이오프 MVP로 정찬열 선수를 선정했습니다. 플레이오프는 이틀 뒤 대전에서 1차전과 2차 전을 치를 예정입니다.]

준플레이오프가 끝나고 와이번스에게 휴식이 주어졌다.

짧은 휴식이지만 선수들은 각자의 방법으로 최대한 체력을 보충했다.

그리고 구단에 모여 대전으로 이동했다.

와이번스 선수단은 자신감이 충만한 얼굴로 대전의 호텔에 들어섰다.

언더독으로 치렀던 준플레이오프다. 상대는 한국 시리즈 4차례 우승을 차지한 최강 유니콘스였으니 당연했다.

하지만 당당히 그들을 이겼다.

그리고 올라온 플레이오프다. 선수단의 사기가 가라앉아 있으면 오히려 그게 이상했다.

'우리는 강하다.'

와이번스 선수단의 자신감은 그 어떤 때보다 강했다.

3장
플레이오프

플레이오프 1차전.

대전 이글스의 선발로 류성일이 나왔다. 당연한 선택이었다.

KBO 최고의 투수가 된 류성일이 아니라면 누가 1차전에
나올 수 있을까?

"흡!"

펑-!

마운드에서 연습 투구를 던지는 류성일을 바라보며 이동
건의 눈이 차분히 가라앉았다.

'오늘도 구위가 좋군.'

쉽지 않은 경기가 될 것임을 직감할 수 있었다.

연습 투구가 끝나자 곧 경기가 시작됐다.

[1회초 와이번스의 공격으로 플레이오프 1차전 시작합니다!]

* * *

경기는 투수전으로 이어졌다.

이글스의 선발투수 류성일의 호투는 어느 정도 예상된 일이었다.

포스트시즌 첫 경기여서 불안한 점도 있었다. 경험이 없기 때문이다.

하지만 호투를 할 것이란 의견이 지배적이었다.

정규시즌에서 배짱 있는 모습을 여러 차례 보여주었던 류성일이다. 그런 의견이 나오는 건 당연했다.

그리고 류성일은 본인의 능력을 십분 발휘해 5이닝 무실점 2피안타를 기록했다.

놀라운 건 와이번스의 선발투수였다.

준플레이오프 4차전에 1선발 윤정길이 나와 1차전에 강성준을 선발로 올렸다.

정면승부를 피한 것이다.

플레이오프 역시 5전 3선승제로 이루어진다.

1차전을 내주면 타격이 크다.

하지만 이후의 경기 운영은 오히려 와이번스가 유리할 수 있다.

게다가 강성준을 버리는 카드로 사용한 것만은 아니었다.

'성준이는 분명 크게 될 재목이다. 문제는 들쑥날쑥한 실력이지.'

정규시즌에서 강성준은 총 12경기 선발 등판했다.

그중에 4경기에서 승리투수가 됐다. 4경기 중 강성준은 3경기에서 압도적인 피칭 내용을 선보였다.

본래 강성준은 고교야구를 평정했던 투수다. 최고 구속 153㎞에 슬라이더가 일품이다.

문제는 제구력이었다.

손에 긁히는 날에는 칼 같은 제구가 나왔지만 아닌 날에는 볼넷을 연발했다.

승리를 챙길 때는 손에서 긁히는 날이었다.

오늘도 마찬가지였다.

뻥ㅡ!

"스트라이크! 아웃!"

[몸 쪽을 강하게 찌르는 포심 패스트볼! 이글스의 4번 타자 김태훈 스탠딩 삼진으로 물러납니다!]

[오늘 강성준 선수의 공이 정말 좋습니다. 미트에 꽂히기 전까지 볼 끝이 살아서 들어가는 느낌이에요.]

딱ㅡ!

[높게 뜬 타구! 우익수가 뒤로 물러나면서 잡아냅니다! 쓰리아웃! 강성준 선수 뛰어난 피칭으로 삼자범퇴로 5회 말을 막아냅니다!]

예상하지 못한 강성준의 호투에 이동건의 미소가 짙어졌다.

하지만 강성준의 호투는 딱 5회까지였다.

[류성일 선수, 6회에도 삼진 2개를 추가하며 삼자범퇴를 만들어 냅니다. 투구 수는 77개. 이대로라면 완봉도 노려볼 수 있겠네요.]

평소대로 강력한 모습을 보여주는 류성일.

그리고 경기는 6회 말로 넘어갔다.

[강성준 선수의 투구 수는 88개입니다. 정규시즌 가장 많이 던질 때가 97개였으니 아마 이번 이닝이 마지막이 아닐까 싶습니다.]

마운드에 오른 강성준을 보며 찬열이 사인을 냈다.

'바깥쪽 슬라이더.'

오늘 강성준의 슬라이더는 매우 좋았다. 각이 크고 구위 역시 끝까지 살아 들어왔다.

하지만.

뻥—!

"볼."

펑—!

"볼."

연달아 두 개의 공이 스트라이크존을 벗어났다.

'갑자기 영점이 흔들린다.'

의문을 가졌지만 찬열은 겉으로 내색하지 않았다.

'지금 가장 힘든 건 투수다.'

포수가 흔들리면 투수는 더욱 흔들린다. 그렇기 때문에 최대한 냉정을 유지해야 했다.

'변화구가 갑자기 흔들린다. 직구 위주로 사인을 내자.'

잘 던지던 구종이 갑자기 흔들리는 경우는 의외로 많다. 그랬기에 찬열은 바로 대응책을 마련했다.

'바깥쪽 직구.'

몸 쪽으로 던지면 장타의 위험이 있다. 그래서 포스트시즌에는 바깥쪽의 리드가 많아진다.

게다가 지금은 투수가 흔들리는 상황.

몸 쪽보다 부담이 조금 낮은 바깥쪽의 리드는 적절한 선택이었다.

실제로 강성준은 찬열의 리드에 편안함을 느꼈다.

'진정하자. 지금까지 잘 던졌잖아? 그냥 찬열이 미트를 보고 던지자.'

강성준이 올린 4승은 모두 찬열과 배터리를 맺고 이룬 결과였다.

그랬기에 그는 찬열을 믿고 공을 뿌렸다.

"흡!"

쐐액-!

'가운데!'

강성준의 손에서 공이 떠나는 순간, 찬열이 아차 싶었다.

그때 눈앞으로 검은 물체가 빠르게 지나갔다.

후웅―!

딱―!

[때립니다! 좋은 코스! 우중간을 가릅니다! 공이 펜스까지 굴러가는 사이 타자주자 2루로 달립니다! 우익수 공을 잡아 중계하는 사이 타자주자는 서서 2루에 들어갑니다. 무사 2루 찬스를 잡는 이글스입니다!]

[갑자기 제구가 흔들리는 강성준 투수입니다. 분명 포수는 바깥쪽을 요구했는데 공이 가운데로 몰렸어요. 오히려 넘어가지 않은 게 다행입니다.]

[와이번스 투수 코치가 나옵니다. 교체일까요?]

백성원 코치가 나오자 찬열도 마운드로 올라갔다.

"성준아, 갑자기 제구가 흔들리는 거 같은데. 어디 아픈 곳이라도 있어?"

부드러운 목소리로 묻는 백성원의 질문에 강성준이 고개를 저었다.

"아뇨, 아픈 곳은 없습니다. 갑자기 제구가 흔들린 겁니다."

"그래, 그럼 조금 더 손끝에 신경을 써라. 5회까지 잘 막았으니까 이번 이닝만 부탁하자."

"예, 알겠습니다."

강성준과 이야기를 끝낸 백성원은 마운드를 내려가다 조용한 목소리로 찬열에게 물었다.

"어때?"

"힘이 떨어진 느낌입니다. 볼이 뻗지 않고 밋밋하게 들어오고 있습니다. 직구와 변화구 모두요."

"그래, 그리고 어려운 코스보다는 조금 쉬운 코스로 리드해. 1점 정도는 줘도 괜찮으니까."

"알겠습니다."

1점을 내주더라도 최근 와이번스의 공격력이라면 충분히 역전이 가능하다.

그렇다면 강성준을 믿고 쓰는 게 옳은 선택이었다.

6회까지 무실점으로 틀어막으면 강성준은 자신감을 얻어 플레이오프에 또다시 등판할 수 있을 테니 말이다.

캐처 박스에 앉은 찬열은 마스크를 쓰며 마운드 위의 강성준을 바라봤다.

'성준 선배 역시 이번 시즌에 기회를 얻은 루키다.'

연차는 꽤 됐고 나이도 28살이지만 제대로 된 기회를 얻은 게 이번 시즌이 처음이었다.

무엇보다 시즌 중에 자신을 알뜰히 챙겨준 그였다.

어떻게든 포스트시즌 1승이라는 선물을 안겨주고 싶었다.

"후우—!"

깊게 한숨을 쉰 찬열이 눈을 감았다.

다시 눈을 떴을 때 그의 눈은 차분하게 가라앉아 있었다.

'난 언제나 부동심을 유지해야 한다. 포수가 흔들리면 투수는 더욱 불안해진다. 내가 성준 선배의 힘이 되어줘야 돼.'

생각을 정리한 찬열이 타자와 주자를 번갈아 관찰했다.

주자는 교체되어 대주자인 김형민으로 바뀌어 있었다.

'올 시즌 전문 대주자로 출전했던 김형민…… 분명 자료를 읽었는데…….'

찬열은 눈을 감고 기억을 되짚었다.

'생각났다. 분명 17번 대주자로 출전해 그중에 15번의 도루를 시도했다. 그중에 12번을 성공하고 3번은 실패했다.'

더욱 자세한 성적을 떠올렸다.

'15번의 시도 중 3루 도루는 2번이 있었다. 1번은 성공했고 1번은 실패했지.'

자료의 폭을 넓혔다.

'17번 대주자로 출전을 했을 때 상황을 떠올리자. 지금과 비슷한 상황이 있었던가?'

찬열의 머리가 번뜩였다.

그리고 곧장 손가락을 빠르게 움직여 사인을 냈다.

사인을 받은 강성준이 의아한 얼굴로 다시 확인을 했다.

'정말 그걸 던지라고?'

'예.'

찬열은 사인 대신 고개를 끄덕였다.

재확인을 한 강성준은 여전히 의아한 표정이었다.

'무슨 생각이 있는 거겠지.'

하지만 의문보다 찬열에 대한 믿음이 더 컸다.

강성준이 투수판을 밟았다.

"후우-!"

[무사에 주자 2루! 위기 상황에서 강성준 선수 초구 던집니다.]

슬라이드 스텝을 밟는 순간 2루 주자가 리드 폭을 월등히 넓혔다.

동시에 타자가 번트 자세를 취했다.

희생번트였다.

예상했다는 듯 1루수가 앞으로 대시를 했다.

그때 강성준의 손을 떠난 공이 스트라이크존을 한참 벗어 났다.

펑-!

"흡!"

[피치아웃! 공을 받은 정찬열 선수 바로 2루에 던집니다!]

공이 빠지는 걸 확인한 김형민이 다급히 2루로 헤드 퍼스 트 슬라이딩을 했다.

그 순간 공을 포구한 2루수가 그대로 김형민의 팔목을 터치했다.

퍽-!

"아웃!"

[아웃! 아웃입니다! 2루에서 견제사를 당하는 대주자 김형민!]

[아쉬운 주루플레이가 나왔습니다. 아무리 희생번트 사인이 났다 하더라도 리드 폭이 너무 컸습니다.]

중계화면이 바뀌면서 경기장 전체를 잡은 화면이 나왔다.

[슬라이드 스텝을 밟는 순간 김형민 선수가 절반 정도 나갔습니다. 여기까지 나가면 어깨가 강한 정찬열 선수의 송구라면 승부가 가능합니다.]

[아~ 정말 리드 폭이 상당히 기네요.]

[게다가 여기를 보세요. 무게중심이 3루에 가 있어서 돌아오는 순간 주춤하는 게 보입니다. 여기서 딜레이가 되는 바람에 정찬열 선수가 주자를 잡을 수 있었습니다.]

[그렇군요. 순식간에 주자가 사라지면서 아웃 카운트가 올라갑니다!]

매우 큰 아웃 카운트 하나였다.

분위기가 오르려던 이글스에게 찬물을 뒤집어씌운 거나 마찬가지였다.

'예상이 맞았다.'

다시 마스크를 쓰며 캐처 박스에 앉는 찬열은 지금 장면을 예상했다. 아니, 정확히 말하면 데이터의 승리였다.

'정규시즌에도 비슷한 장면이 있었다. 당시 아웃은 되지 않았지만 아슬아슬한 타이밍이었지.'

그걸 기억하는 이유가 바로 와이번스와의 경기였기 때문이다.

당시 마스크를 쓰고 있던 건 자신이 아니라 박현우였다.

덕분에 3자의 눈으로 김형민의 주루플레이를 모두 살필 수 있었다.

'경험이 많지 않기 때문에 의욕이 앞서고 또한 실패에 대한 두려움이 크다. 게다가 포스트시즌이라는 큰 경기이기에 승부를 걸었는데 성공했다.'

덕분에 강성준의 어깨에 올라가 있던 부담감이 떨쳐졌다.

'가운데 낮은 코스로 떨어지는 체인지업.'

고개를 끄덕인 강성준이 와인드업을 했다.

"차앗-!"

쐐애애액-! 부웅-!

펑-!

"스트라이크!"

[낮은 코스로 떨어지는 체인지업에 헛스윙 나옵니다! 갑자기 제구가 잡힌 듯한 느낌인데요?]

[방금 전 아웃 카운트가 컸습니다. 흔들리던 강성준 선수를 괴롭혀 주려 했지만 견제사를 당하면서 부담감을 떨쳐낼 수 있었어요.]

[그렇군요.]

[야구는 흐름의 게임입니다. 그 흐름을 얼마나 잘 끊을 수 있느냐, 그 싸움인데 정찬열 선수가 가장 좋은 타이밍에 흐름을 딱 끊어 버렸습니다.]

펑-!

"스트라이크! 투!"

강성준의 공은 던지는 족족 날카롭게 제구가 됐다.

게다가 떨어지던 구위도 살아나기 시작했다.

펑-!

"스트라이크! 아웃!"

[이번 경기 최고 구속으로 삼진을 추가하는 강성준 선수! 대단합니다!]

되살아난 강성준은 6회 말을 깔끔하게 막아내고 마운드를 내려왔다.

야구의 명언들 중 이런 말이 있다.

위기 뒤에는 기회가 온다.

그리고 와이번스는 이 말이 왜 명언이 되었는지를 보여주는 공격력을 선보였다.

딱-!

[쳤습니다! 중견수 앞에 떨어지는 깔끔한 안타! 선두타자 김대우 선수 4구를 때려 안타를 만들어냅니다!]

[떨어지는 체인지업에 몸을 숙이면서 안타를 만들어냈습니다. 좋은 배트 컨트롤입니다.]

김대우의 장점이 발휘됐다.

어떤 상황에서도 공에 배트를 맞출 수 있는 능력.

뛰어난 콘택트 능력과 선구안, 그리고 몸의 유연성이 만나 떨어지는 공을 그대로 올려쳤다.

적절하게 힘이 실린 타구는 중견수와 2루수의 한가운데에 떨어졌다.

타구가 높게 뜨지 않은 것도 행운이었다.

만약 높게 떴다면 전진수비를 하고 있던 중견수에게 잡혔을 테니까 말이다.

어쨌든 어렵게 잡은 기회다.

이동건은 바로 움직였다.

'희생번트.'

그의 사인에 2번 타자 이성훈이 타석에 들어서 바로 번트 자세를 잡았다.

두 번의 견제와 한 번의 번트 실패.

하지만 이성훈은 침착하게 3루 선상으로 타구를 굴렸다.

[3루수 공을 잡아 1루에 던집니다. 아웃! 그사이 1루 주자 2루에

안전하게 도착합니다.]

[매우 좋은 희생번트였습니다. 타구의 속도가 빠르지도 그렇다고 느리지도 않아 1루 주자가 리드 폭이 짧았음에도 안전하게 2루에 도착할 수 있었습니다.]

희생번트를 성공한 이성훈과 하이파이브를 한 찬열이 대기 타석에 들어섰다.

그사이 3번 타자인 윤승준이 타석에 섰다.

[류성일 선수, 위기입니다. 1사에 2루, 그리고 타석에는 와이번스의 중심타선으로 이어집니다.]

류성일이 초구를 던졌다.

펑-!

"볼!"

포심 패스트볼이 다소 낮게 들어갔다.

연달아 2구를 던졌다.

펑-!

"볼!"

이번에는 체인지업이 말썽이었다.

제구가 흔들리면서 높게 들어간 공을 윤승준은 차분하게 지켜봤다.

'천하의 류성일도 플레이오프에는 흔들리나 보군.'

찬열은 새로운 류성일의 모습에 새삼 놀라고 있었다.

메이저리그에 진출했던 류성일은 어떤 상황에서도 흔들리는 모습을 보이지 않았다.

실제로 막 빅 리그 무대에 섰을 때도 흔들리기는커녕 오히려 평상시보다 좋은 공을 던졌었다.

'새롭군.'

찬열이 그런 생각을 하는 사이 볼카운트가 어느새 풀카운트가 됐다.

제구가 흔들리면서 좋은 코스로 몇 개의 공이 들어왔지만 구위는 죽지 않았는지 타구는 번번이 파울이 됐다.

'승부를 걸겠군.'

풀카운트에서 배터리가 선택할 수 있는 건 둘 중에 하나다.

정면승부 혹은 유인구.

'정석대로라면 승부다. 내 앞에 주자를 세우고 싶지 않을 테니까.'

자만이 아니었다.

이번 플레이오프에서 찬열보다 더 좋은 성적을 기록한 타자는 없다.

또한 정규시즌 홈런왕 역시 그였다.

그런 찬열 앞에 주자를 세우고 싶은 투수는 없을 것이다.

'하지만 나라면……'

찬열의 눈이 차분히 가라앉았다.

그의 시선에 슬라이드 스텝을 밟는 류성일이 들어왔다.

손을 떠난 공이 무서운 속도로 미트를 향해 날아갔다.

동시에 윤승준의 허리가 돌아갔다.

'유인구!'

그 순간 미트에 빨려 들어가던 공이 밑으로 가라앉았다.

동시에 윤승준의 회전에 급격한 브레이크가 걸렸다.

절반쯤 돌아갔던 배트가 다시 원래대로 돌아갔다.

퍽—!

뒤이어 둔탁한 소리가 들렸다.

원바운드가 된 공이 미트에 들어간 것이다.

구심의 손은 움직이지 않았다.

그걸 확인한 박종식이 1루심을 향해 손을 돌렸다.

[스윙! 인정되지 않습니다. 1루심, 멈췄다고 선언합니다.]

1루심의 양손이 좌우로 뻗어졌다.

윤승준이 볼넷으로 1루를 채웠다.

그리고.

"정찬열! 정찬열!"

"우리의 슈퍼스타 정찬열!"

대전까지 찾아온 원정 팬들의 응원소리에 구장이 흔들리기 시작했다.

[타석에는 와이번스의 4번 타자 정찬열 선수가 들어섭니다!]

함성소리가 대단했지만 찬열의 귀에는 들리지 않았다.

집중력을 끌어올린 그에게는 오로지 류성일의 모습만이 보였다.

'승부처.'

서로의 눈빛이 마주친 류성일과 찬열은 같은 생각을 했다.

그라운드의 모든 선수들 역시 마찬가지였다.

야구는 9이닝 동안 몇 번의 승부처가 찾아온다.

하지만 오늘 같은 투수전이 이어지는 날에는 단 한 번의 기회를 잡느냐 못 잡느냐로 승패가 걸린다.

그리고 지금이 그 승부처였다.

'잡는다.'

박종식의 손이 현란하게 움직였다.

내야수의 수비 위치, 작전 그리고 투수에 대한 사인까지 모두 냈다.

'몸 쪽 낮은 코스 포심 패스트볼.'

초구부터 몸 쪽.

한 방이 있는 찬열을 상대로 정면승부를 하겠다는 의미다.

무모할 수도 있다.

하지만 류성일은 이글스의 에이스였다.

에이스가 상대 4번 타자를 두려워해서 승부를 피한다?

전쟁에서 장수와 장수의 싸움에서 먼저 무기를 버리고 등을 보인 채 도망가는 것과 같았다.

비록 야구가 스포츠라지만 에이스와 4번 타자는 매우 특별한 존재들이었다.

양 팀을 대표하는 투수와 타자가 바로 그들이기 때문이다.

'나 역시 피할 생각은 없었어.'

프로에 와서 류성일은 많은 걸 보고 느꼈다.

위대한 투수의 반열에 오른 이들을 보며 투수가 무엇인지, 에이스란 어떤 것인지 알게 되었다.

'이런 상황에 피한다면 에이스가 될 수 없다.'

그렇게 판단한 류성일이 투수판을 밟았다.

류성일은 눈짓으로 1루와 2루에 견제를 하고 빠르게 슬라이드 스텝을 밟았다.

그 역시 초구가 얼마나 중요한지 잘 알고 있었다.

그래서 평소보다 더욱 투구에 신경을 썼다.

감각도 최고치로 끌어올렸다. 손끝에서 실밥의 개수까지 느껴질 정도였다.

"차앗!"

그의 손을 떠난 공이 매서운 속도로 날아갔다.

동시에 눈을 반짝인 찬열의 허리가 빠르게 돌아갔다.

하체에서부터 시작된 힘의 이동이 허리, 상체를 지나 팔로 이어졌다.

부앙-!

공기를 찢어버릴 듯한 소리가 장내에 울려 퍼졌다.

펑-!

뒤이어 꽝음과 함께 공이 미트에 빨려 들어갔다.

"스트라이크!"

굉장한 스윙이었지만 헛스윙이 되고 말았다.

공의 궤적과 맞았다고 생각했지만 생각보다 공이 떨어지지 않았다.

'공의 위력이 살아났다?'

이전 윤승준과의 승부에서 보여주었던 공의 잔상이 남아 있었다.

거기에 맞춰 스윙을 했다.

하지만 방금 던진 공은 아무리 생각해도 그때의 공이 아니었다.

'대단한 녀석이군.'

분명 흔들릴 상황이었다. 하지만 금세 평정심을 찾았다. 게다가 본인의 최대 능력을 발휘하고 있었다.

'포스트시즌에도 전력을 숨기고 있었다는 건가?'

투수에게는 완급 조절이란 게 있다.

특히 선발투수는 100개가 넘는 투구 수, 최대한 많은 이닝을 지켜야 되는 의무가 있었다.

당연히 피칭에 완급 조절을 하면서 던져야 했다.

류성일은 신인이면서도 완급 조절에 능한 투수였다.

하지만 포스트시즌, 그것도 한계 투구 수에 가까워지는 이 순간까지 그럴 줄은 몰랐다.

'재밌어!'

찬열은 지금 이 순간이 즐거웠다.

이 큰 무대에서, 미래의 빅 리그에서 활약하는 투수와 싸울 수 있다는 것이 말이다.

'와라!'

찬열이 다시 타석에 들어섰다.

[사인을 교환한 류성일 선수 2구 던집니다!]

딱ㅡ!

[파울입니다! 아슬아슬하게 3루 선상을 벗어나는 공! 아쉬울 만도 하건만 정찬열 선수 무표정한 얼굴로 다시 타석에 들어섭니다.]

[아직 배트가 조금 밀리는 느낌입니다. 윤승준 타자를 상대할 때까지만 하더라도 140 중반의 구속이 나오던 류성일 선수지만 지금은 140 후반이 나오고 있습니다. 이전의 이미지를 버리지 않는다면 배트가 계속 밀릴 수밖에 없습니다.]

[방금 던진 포심 패스트볼이 149km가 찍혔습니다. 오늘 던진 공 중에서 최고 구속이네요.]

[아무래도 이번 이닝을 마지막이라 생각하고 전력투구를 하는 것

같습니다.]

[그렇군요. 3구 던집니다!]

퍽—!

[떨어지는 커브에 배트가 나오지 않는 정찬열 선수입니다.]

류성일은 노련한 피칭으로 찬열을 돌려세우기 위해 노력했다.

하지만 찬열은 존에 들어오는 공은 쳐 내고 유인구는 참아 냈다.

답답한 건 찬열 역시 마찬가지였다.

분명 제대로 된 스윙이었는데 공의 힘에 밀리면서 파울이 되기 일쑤였다.

결국 두 사람의 대결은 풀카운트까지 이어졌다.

'피할까?'

풀카운트까지 온 박종식의 머리에 유혹이 찾아왔다.

찬열의 오늘 컨디션은 나쁘지 않았다. 유인구는 걸러내고 좋은 공에는 배트가 나왔다.

이런 상황에서 승부를 한다?

겁이 났다.

투수만이 이런 상황에 스트레스를 받는 게 아니었다.

그를 이끌어야 될 포수 역시 이런 상황이 되면 선택에 대한 스트레스를 받았다.

'솔직한 심정으로 승부를 피하고 싶은데⋯⋯.'

만약 1루가 비어 있었다면 선택이고 뭐고 없었을 것이다.

하지만 지금은 1, 2루가 들어차 있었다.

'볼넷으로 내보내고 1사 만루에서 병살타를 노릴까?'

그 역시 좋은 방법 중 하나다.

최근 페이스가 좋아지고 있다고는 하지만 정찬열보다는 김상필과의 승부가 오히려 쉬워 보였다.

만약 포스트시즌이 아닌 정규시즌이었다면 그렇게 했을 것이다. 하지만 지금은 포스트시즌이다.

경험이 많은 김상필이 어떤 타격을 보여줄지 감이 잡히지 않았다.

'무엇보다 투수가 저렇게 의욕이 넘치는데⋯⋯.'

마운드 위에서 로진을 묻히는 류성일의 모습에 박종식은 입술을 깨물었다.

'포수가 피하면 어떻게 해?!'

마스크를 고쳐 쓴 그가 캐처 박스에 앉았다. 그리고 사인을 냈다.

'가운데.'

손가락을 폈다.

'써클체인지업.'

마지막으로 주먹으로 자신의 가슴을 두들겼다. 그리고 양

손을 좌우로 펼쳤다.

'믿고 던져라. 뒤로 빠뜨리지 않는다.'

박종식의 사인에 류성일의 입가에 미소가 그려졌다.

그사이 루틴을 끝낸 찬열이 배트를 오른쪽 어깨에 걸쳤다.

"후우—!"

깊은 숨소리와 함께 눈을 감았다가 떴다.

그의 눈에 들어온 류성일이 천천히 움직이기 시작했다. 마치 슬로모션을 걸어놓은 듯 투구 동작이 보였다.

'나라면 어떤 공을 요구할 거냐?'

찬열의 머릿속에 시뮬레이션이 그려졌다.

현재와 같은 상황, 자신이 류성일을 리드한다면?

구심의 스트라이크존, 오늘 류성일이 던진 구종들, 그중에서 가장 좋았던 구종을 연달아 떠올렸다.

'써클체인지업.'

"차앗—!"

류성일의 손에서 공이 떠났다.

맹렬하게 회전하며 날아오는 공에 찬열의 시선이 집중됐다. 그의 눈에 공이 회전하는 방향이 보였다.

'써클!'

예상이 맞았다.

그렇다면 어떤 코스로 떨어질까?

'오늘 구심의 스트라이크존은 낮은 코스를 잘 잡아줬다. 특히 존을 통과하는 공은 모두!'

찬열의 머리에서 계산이 끝났다.

동시에 허리가 회전이 하면서 배트가 밑에서부터 위로 올려치는 어퍼스윙의 궤적을 그렸다.

때마침 공이 밑으로 떨어지기 시작했다. 공의 궤적과 스윙의 궤적이 점과 점이 되어 하나가 되었다.

딱―!

[쳤습니다!!!!]

"와아아아아!"

경쾌한 소리와 함께 와이번스 원정 팬들이 일제히 자리에서 일어났다.

[우익수 쪽! 우익수 이호군 따라가다 멈춥니다! 높게 뜬 공이 떨어질 생각을 하지 않습니다!]

공을 쫓던 중계 카메라가 더 이상 공을 잡지 못했다.

[경기장을 넘겨 버립니다!! 7회 초 1사에 4번 타자 정찬열의 쓰리런 홈런이 터집니다!]

　　　　　* * *

펑―!

"스트라이크! 아웃!"

[삼진 아웃! 세 명의 타자를 삼진으로 처리하는 마무리 김상훈 선수입니다! 정찬열 선수, 마운드에 올라 김상훈 선수를 껴안습니다! 이로써 와이번스 3승으로 이글스를 누르고 한국 시리즈에 올라갑니다!]

[이글스는 1차전에 선발로 나섰던 류성일 선수를 다시 3차전에 마운드에 올렸지만 피로가 제대로 풀리지 않았는지 정상적인 피칭을 하지 못했습니다. 선발이 초반에 무너지면서 와이번스와 제대로 된 싸움을 하지 못했어요.]

[플레이오프 MVP는 당연히 이 선수! 정찬열 선수에게 돌아갔습니다. 모든 경기에 선발로 출장해 12타수 7안타 2홈런 8타점을 기록하면서 최고의 활약을 보여주었습니다!]

정찬열의 활약과 베테랑들의 부활, 그리고 마운드가 안정을 찾으며 와이번스는 창단 이후 두 번째로 한국 시리즈에 진출했다.

[포스트시즌에서의 활약으로 인해 신인왕과 MVP 경쟁이 정찬열 선수에게 넘어간 느낌입니다.]

[아니죠, 신인왕과 MVP는 오롯이 정규시즌의 성적만 놓고 결정을 해야 합니다. 포스트시즌의 성적이 관여를 해서는 안 됩니다.]

[원칙적으론 그렇습니다만……]

플레이오프가 끝나자 TV는 물론이거니와 인터넷에서도 신인왕과 MVP에 대한 이야기가 쏟아져 나왔다.

류성일이 호투를 하긴 했지만 준플레이오프 때부터 팀의 결정적인 순간에 한 방을 터뜨린 찬열의 활약에는 미치지 못했다.

또한 3차전에서 충분한 이닝을 채우지 못한 것도 마이너스 요인으로 작용했다.

사실 신인왕과 MVP는 정규시즌에서의 성적을 놓고 기자단이 투표를 한다.

하지만 그 선수가 속한 팀이 포스트시즌에 진출하면 조금 이야기가 달라진다.

포스트시즌에서의 활약 역시 기자단의 머릿속에 남아 투표에 영향을 끼치게 된다. 그렇기 때문에 신인왕과 MVP의 수상자가 찬열이 되지 않겠느냐는 의견이 힘을 얻고 있었다.

하지만 당사자인 찬열은 그런 이야기를 무시한 채 훈련에 열중이었다.

'마지막 3차전에서 엉망이었다. 타격 페이스를 끌어올려야 돼.'

플레이오프 3차전.

대전 이글스와의 경기에서 찬열은 4타수 2안타 2삼진을 당했다. 멀티히트를 기록하긴 했지만 마지막 2개의 삼진이 마음에 걸렸다.

'평소대로 집중력을 끌어올렸다. 하지만 이상하게도 공이

제대로 보이지 않았어.'

　헤드업이 됐던 걸까? 아니면 자신도 모르는 사이에 타격 폼이 무너진 걸까?

　'비디오를 봤을 때 이렇다 할 변화는 없었다. 배트 스피드가 조금 떨어지긴 했지만 폼이 무너지지는 않았어.'

　찬열은 혹시나 싶어 스윙을 하며 자신의 타격을 재정비했다.

4장
한국 시리즈

대구 라이온스.

2000년대 왕조를 세운 유니콘스와 함께 최강의 팀으로 군림하는 2강 중 하나였다.

유니콘스는 모 그룹의 재정 악화로 점점 무너지고 있었지만 라이온스는 점점 강해지고 있었다.

마운드는 썩 강한 편은 아니었지만 타격만 놓고 보면 유니콘스와 함께 1, 2위를 다툴 수 있을 정도로 강한 팀이었다.

그 모습은 한국 시리즈 1차전에서부터 보여주었다.

딱-!

[초구를 강타! 우익수 키를 넘습니다! 원바운드로 펜스를 맞추는 타구에 3루 주자! 2루 주자 홈으로 파고듭니다!]

[떨어지는 싱커를 그대로 받아쳐 장타를 만들어냅니다. 아주 좋은 스윙이었어요.]

에이스 윤정길이 등판했지만 1차전 시작 4회 만에 5점을 내주고 말았다.

결국 투수 코치가 마운드에 올라왔다.

"고생했다."

"죄송합니다……."

윤정길이 고개를 떨어뜨렸다.

그 모습을 지켜보는 찬열의 마음은 무거웠다.

'내가 조금 더 리드를 잘했더라면…….'

말없이 자책을 하는 찬열의 모습을 본 투수 코치 백성원이 어깨를 툭 쳤다.

"오늘 정길이 공이 전체적으로 높더라. 네 리드는 좋았으니까 원민이 올라와도 그렇게 리드해."

"예……."

덕분에 조금 힘이 나긴 했다.

찬열도 애써 부정적인 생각을 떨쳐 냈다.

윤정길 다음으로 마운드에 오른 건 롱 릴리프인 강원민이었다.

백성원의 이야기대로 윤정길의 공이 높아서 그랬던 건지 강원민은 찬열의 리드를 따라 아웃 카운트 세 개를 잡아냈다.

'리드는 잘됐다. 이대로 하면 되겠어.'

불안감을 모두 떨쳐 낸 찬열은 더그아웃으로 돌아와 장비를 벗었다.

이번 이닝에 두 번째 타자로 타석에 서야 했기에 손놀림이 바빴다.

딱―!

[윤승준 선수 좌익수 앞에 떨어지는 안타!]

4구 만에 안타를 쳐 낸 윤승준이 1루에 나갔다.

"정찬열! 정찬열!"

주자가 있는 상황에서 4번 타자 찬열에게 기회가 돌아왔다.

대구구장을 찾은 와이번스 원정 팬들이 환호가 나올 수밖에 없는 장면이었다.

이번 포스트시즌에서 가장 좋은 활약을 펼친 타자가 바로 그였으니까 말이다.

[자, 좋은 찬스를 잡은 와이번스. 타석에는 4번 타자 정찬열 선수가 들어옵니다. 준플레이오프와 플레이오프에 모두 선발로 출장해 최고의 활약을 보여주고 있습니다.]

[찬스에 강한 선수입니다. 신인답지 않은 노련함과 배짱을 가지고 있어 좀처럼 떠는 모습을 보여주지 않아요.]

찬열에 대한 기대는 와이번스 더그아웃도 마찬가지였다.

'벌써 5회다. 여기서 한 점이라도 따라가야 돼.'

4점 차로 뒤진 상황.

분위기가 완전히 넘어가기 전에 어떻게든 점수를 내야 했다.

그걸 알기에 찬열도 집중력을 끌어올렸다.

"후우—!"

한숨을 내쉬면서 천천히 눈을 떴다.

"어?"

하나 이상하게도 정신이 집중되지 않았다.

관중들의 함성 소리는 여전히 들려왔고 수비수들이 움직이는 모습도 그의 집중력을 흐트러지게 만들었다.

"바깥쪽, 바깥쪽."

평소에는 들리지 않던 포수의 방해 공작도 귀에 들려왔다.

'왜 이러지?'

준비가 되진 않았지만 그렇다고 경기가 멈추진 않는다.

타임을 걸 타이밍마저 놓친 찬열의 눈에 와인드업을 하는 투수가 보였다.

"흡!"

'가운데!'

투수의 손을 떠난 공을 본 찬열이 배트를 돌렸다.

궤적과 궤적이 만나려는 찰나, 갑자기 공이 사라졌다.

후웅—!

"큭!"

배트가 어이없이 허공을 갈랐다.

'포크볼?!'

평소라면 눈치를 챘을 것이다. 하지만 지금은 뭔가 이상했다. 몸 상태가 정상이 아니었다.

'왜 이러지?'

정확히 이야기하면 집중이 제대로 되지 않았다.

정신은 산만했고 시야는 어지러웠다.


'생각이 많다.'

더그아웃에 서 있는 이동건의 눈에도 찬열이 평소와 다른 게 보였다.

'체력이 떨어진 건가?'

경험이 많은 이동건은 찬열에게 벌어진 일을 눈치챘다.

체력의 한계.

믿기지 않는 한 해를 보낸 찬열이다.

40홈런이라는 전인미답의 세계에 발을 들였고 포스트시즌이라는 큰 경기에서도 기대 이상의 모습을 보여주었다.

하지만 이동건은 한 가지를 염려하고 있었다.

'프로의 풀 시즌은 가혹하다. 베테랑들도 시즌 후반이 되면 힘들어한다. 그래서 현우가 복귀를 했을 때 로테이션을 돌리면서 체력 안배를 해줬었다.'

몇몇 언론에서는 플래툰을 하는 게 아니냐는 의견을 보인 적이 있다.

그러나 사실이 아니었다.

이동건은 찬열이 시즌 후반 체력이 떨어져 퍼지는 걸 염려해서 안배를 해준 것뿐이었다.

그렇게 남은 체력으로 포스트시즌에서도 좋은 모습을 보여줄 수 있었다.

하지만 그것도 이제 한계로 보였다.

'플레이오프 3차전 막바지에 염려스런 모습이 나오긴 했지만…….'

자신의 생각이 틀렸으면 했다.

지금 시점에 찬열이라는 전력이 빠지면 한국 시리즈 우승은 힘들어질 테니까.

펑-!

"스트라이크! 아웃!"

기대했던 찬열이 삼진을 당했다.

하지만 이동건의 표정에는 별다른 변화가 없었다.

찬스에서 삼진을 당하고 더그아웃으로 돌아올 때 감독의 표정이 좋지 않으면 선수의 기가 더 죽는다는 걸 잘 알고 있으니 말이다.

그러나 그의 근심은 깊어질 수밖에 없었다.

* * *

[대구에서 열린 대구 라이온스 대 인천 와이번스의 1차전은 대구 라이온스가 승리했습니다. 에이스 윤정길을 상대로 4회까지 4점을 내면서 승기를 가져간 라이온스는 이후에도 타격이 폭발해 최종 8 대 1 완승을 했습니다. 한편 와이번스의 4번 타자이자 괴물 신인 타자인 정찬열 선수는 4타수 무안타 3삼진을 당하며 포스트시즌에서 처음으로 안타를 기록하지 못했습니다.]

* * *

한국 시리즈 2차전을 앞두고 와이번스 선수단은 회의를 진행했다.

"오늘 라인업을 발표하겠습니다."

이동건 감독은 라인업 카드를 꺼내고 명단을 읽어 내려갔다.

"1번 김대우 2루, 2번 이성훈 유격수, 3번 윤승준 센터, 4 번……."

찬열은 다소 긴장된 얼굴로 이동건을 바라봤다.

어제 제대로 된 활약을 보여주지 못했기 때문이다.

그때 이동건과 눈이 마주쳤다.

"김상필 라이트."

'타순 변경?'

그럴 수 있었다.

어제 한국 시리즈에서 낸 1점은 김상필의 솔로 홈런이었으니까.

최근 타격감이 좋은 선수를 4번에 쓰는 건 당연했다.

"5번 박현우 포수."

'뭐?'

찬열의 눈이 커졌다.

설마 포지션까지 바뀔 줄은 꿈에도 몰랐다.

'혹시……'

경기에 나가지 못하는 건 아닐까 싶은 불안감이 떠올랐다.

하지만 그건 아니었다.

"6번 지명 정찬열."

찬열은 처음으로 지명타자로 경기에 나서게 됐다.


회의가 끝나고 찬열은 감독실을 찾았다.

똑똑-!

"들어와."

찬열이 문을 열고 들어가자 이동건 감독이 서류를 보고 있었다.

"앉아라."

"예."

그의 말에 자리에 앉자 이동건이 맞은편에 앉았다.

"부른 이유는 다름이 아니라 네 포지션을 바꾼 이유를 이야기해 주기 위해서다."

이동건의 말에 찬열이 긴장된 얼굴로 그를 바라봤다.

"현재 네 체력은 바닥이다. 그렇지?"

찬열의 얼굴이 굳어졌다.

어제 경기가 끝나고 숙소에 돌아온 찬열은 자신이 삼진을 당한 이유를 고민했다.

그리고 원인을 찾을 수 있었다.

"예……."

바로 체력의 문제였다.

체력이 떨어지면 잡념이 많아지고 그렇게 되면 공에 집중을 하지 못하게 된다.

당연히 헛스윙이 많아지면서 타격감이 떨어질 수밖에 없었다.

"체력이 떨어진 상황에서 마스크를 쓰면 곧 한계에 이른다. 그렇게 되면 타격감이 더욱 떨어질 테지."

이동건의 말에 찬열은 아무 말을 하지 못했다.

대답을 바란 게 아닌 듯 이동건도 계속해서 이야기를 이어 갔다.

"하지만 우리 팀에는 너의 타격이 필요하다."

찬열이 고개를 들었다.

"널 지명타자로 변경한 이유는 타격 하나에만 집중을 해줬으면 하는 마음에서다."

이동건의 말에 찬열은 가슴이 뜨거워졌다.

팀이 자신을 필요로 한다.

선수에게 이 말만큼이나 자부심을 느끼게 해주는 말은 없었다.

"예!"

찬열의 대답에 이동건이 미소를 지었다.

* * *


[시리즈를 원점으로 돌리기 위한 와이번스! 2연승을 노려 완벽한 우위를 잡으려는 라이온스의 대결이 지금 시작됩니다!]


한국 시리즈 2차전이 시작됐다.

선공은 원정팀인 와이번스부터였다.

라이온스는 어제와 투수만 다른 라인업으로 2차전을 나섰다.

워낙 주전 선수들이 확고했기에 바꿀 이유가 없었다.

와이번스 마찬가지였다.

하지만 한 가지 큰 변화가 있었다.

[준플레이오프, 플레이오프에서 전 경기 포수로 출전했던 정찬열 선수가 지명타자로 경기에 나섭니다. 마스크는 베테랑 박현우 선수가 쓰고 토마스 투수와 호흡을 맞추는군요.]

[타순도 6번으로 변경을 했군요. 아무래도 어제 경기에서 무안타 침묵했던 정찬열 선수보다는 최근 타격감이 좋은 박현우를 기용한게 아닐까 생각합니다.]

[그렇군요. 타석에는 1번 타자 김대우 선수 들어섭니다. 경기 시작됩니다!]


1차전과는 달리 2차전은 투수전으로 이어졌다.

오랜만에 만나는 토마스였지만 박현우는 노련함을 발휘하며 안정적인 리드를 이어갔다.

그 모습을 더그아웃에서 지켜보는 찬열은 조금 복잡한 기분이었다.

'원래는 내가 했어야 하는데…….'

하지만 이내 고개를 저어 잡념을 떨쳐 냈다.

'지금 내가 해야 되는 건 타격이다. 타격에만 신경 쓰자.'

만약 마이너리그에서의 경험이 없었다면 이런 상황에서 조바심을 느꼈을 것이다.

'마이너에서는 매일 벤치만 데우고 있었는데 뭐.'

무엇보다 경기 전 이동건이 자신을 불러서 해주었던 이야기가 그에게 큰 힘이 되었다.

'확실히 감독의 한마디가 선수의 기분을 좌지우지한다니까.'

선수에게 감독이 믿어준다는 건 그 어떤 것보다 큰 의지가 됐다.

그사이 경기는 빠르게 진행이 돼 7회 초가 됐다.

딱―!

[선두타자 이성훈 선수 2구를 강타! 2루수 옆을 지나가는 안타를 때립니다!]

오랜만에 선두타자가 살아나갔다.

기회를 잡은 와이번스지만 라이온스 역시 발 빠르게 움직였다.

[라이온스 투수 교체합니다. 선발투수인 레이먼드 선수를 버리고 필승조인 심형섭 선수를 올립니다.]

[5회부터 투구 수가 많아진 레이먼드 선수기에 빠르게 교체를 해주면서 흐름을 끊겠다는 생각으로 보이네요.]

[그렇군요. 타석에는 3번 타자 윤승준 선수가 들어옵니다.]

라이온스의 작전은 맞아 떨어졌다. 강속구 투수인 심형섭은 윤승준을 삼진, 김상필을 외야플라이로 돌려세웠다.

[투아웃이 올라갔지만 주자는 여전히 1루, 오랜만에 살아나간 선두타자가 움직이지를 못하네요.]

[기회를 잡았을 때 살리지를 못하면 흐름이 넘어갈 수 있는데요.]

[자, 타석에는 베테랑 박현우 선수가 들어옵니다.]

"흡!"

펑-!

"스트라이크!"

[초구 바깥쪽 낮은 코스를 찌르는 포심! 스트라이크가 됩니다.]

[구속이 150㎞가 넘기 때문에 섣불리 공략하기 어려워 보입니다.]

타석에서 물러난 박현우는 장비를 재정비하며 심형섭을 바라봤다.

'여기서 흐름이 끊기면 곤란하다.'

경기의 내용상 마지막 기회라고 할 수 있었다.

이런 상황에서 점수를 내지 못한다면 투수들의 맥도 빠질 수밖에 없었다.

'응?'

그때 등 뒤에서 느껴지는 시선에 고개를 돌렸다.

대기 타석에는 찬열이 한쪽 무릎을 꿇은 채 앉아 있었다.

시선은 자신을 보고 있었다.

정확히 이야기하면 자신의 너머, 마운드에 서 있는 심형섭에게 향했다.

'내가 보는 것조차 못 느낄 정도의 집중력이라고?'

찬열의 시야에는 분명 자신이 있었다.

그럼에도 불구하고 그에게는 보이지 않는 눈치였다.

고도의 집중력이 발휘된 것이다.

'집중력이 높아지면 주변의 모든 게 보이지 않게 되지.'

실상 이런 일은 야구선수에게만 일어나는 일이 아니다.

일반인들 역시 책을 보며 길을 걸으면 주변의 상황이 눈에 들어오지 않는 것과 같은 이치였다.

단지 그 대상이 책에서 투수로 투수에게서 공으로 변할 뿐이었다.

'저런 녀석이 뒤에 있는데 굳이 내가 해결할 필요는 없지.'

박현우는 어째서 자신이 마스크를 썼는지 잘 알고 있었다.

체력이 떨어진 찬열을 대신하기 위함이다.

즉, 대타다.

박현우의 경력을 생각했을 때 자존심이 상할 만한 일이었다.

하지만 그는 당연하다 생각했다.

야구는 경쟁의 스포츠다.

자신이 그랬듯 찬열도 경쟁을 통해 자신을 밀어냈을 뿐이다.

그런 일에 가지고 자존심 운운할 정도로 박현우는 소심한 사내가 아니었다.

'최대한 공을 보자.'

생각을 바꾼 박현우를 상대로 심형섭은 어려운 승부를 택했다.

이유야 간단했다.

최근 박현우의 타격감은 좋았고 6번 타자 정찬열의 타격감은 나빴다.

여차하면 찬열을 상대한다는 계산이 깔려 있었다.

그렇다고 무작정 승부를 피한 것만은 아니다.

볼카운트가 밀린다 싶으면 스트라이크에 공을 꽂아 넣었다.

그 결과 모든 카운트에 불이 들어왔다.

[끈질긴 승부가 이어지고 있습니다.]

벌써 10구째 승부다.

풀카운트가 된 이후 심형섭은 연달아 승부구를 던졌다.

하지만 박현우는 끈질기게 공을 커트해 냈다.

사실 박현우도 정타를 시키려 배트를 돌렸지만 공이 워낙 빨랐다.

두 사람 모두 승부를 결정짓고 싶은 상황.

먼저 결단을 내린 건 라이온스 배터리였다.

'포크볼.'

10구를 던지면서 한 번도 보여주지 않은 구종이다.

결정구.

"후우ー!"

심호흡을 뱉은 심형섭이 공을 뿌렸다.

"흡!"

쐐액-!

중계 화면으로 볼 때 포크볼의 떨어지는 궤적은 잘 보인다.

'어째서 속을까?' 하는 의구심이 들 정도다.

하지만 막상 타석에 들어서면 포크볼은 갑자기 사라지는 구종이 된다.

만약 이전에 150㎞를 상회하는 강속구를 던졌다면?

타자의 입장에서는 강속구에 타이밍을 맞추기 때문에 스윙의 스타트가 빠를 수밖에 없었다.

반면 포크볼은 홈 플레이트 부근에서 변화가 시작되어 뚝 떨어진다.

하지만 심형섭의 포크볼은 그 정도의 수준은 되지 못했다.

히팅 포인트보다 조금 앞에서 떨어졌고 그것을 확인한 박현우는 급히 손목을 비틀었다.

'멈춰!'

속으로 비명을 지르듯 외친 그가 젖 먹던 힘까지 쥐어 짜냈다.

덕분에 홈 플레이트 위를 지나던 배트가 멈췄다.

퍽-!

뒤이어 원바운드가 된 공이 포수의 미트에 박혔다.

포수는 곧장 1루심을 가리킨 손가락을 공중으로 들어 원을 그리듯 회전했다.

스윙 체크를 한 것이다.

하지만 박현우는 이미 배트를 한쪽에 내려두고 1루로 터벅터벅 걸어갔다.

무척이나 능청스런 태도였다.

그 모습을 지켜보던 1루심이 양쪽으로 손을 뻗었다.

세이프라는 판정이었다.

"와아아아!"

"우우우우!"

대구구장에 동시에 야유와 환호가 쏟아졌다.

그러거나 말거나 박현우는 1루에 도착해 주루 코치와 주먹을 부딪쳤다.

그사이 중계 화면에서는 박현우의 스윙이 슬로우 처리가 되어 재생되고 있었다.

[아~ 조금 아슬아슬하네요. 배트의 헤드가 돈 거 같기도 하고…….]

캐스터의 말대로 배트의 위치가 애매했다.

어떻게 보면 돈 거 같기도 했지만 또 어떻게 보면 멈춘 것 같기도 했다.

[이 정도쯤 되면 50 대 50으로 보입니다. 이런 상황에서는 심판의 콜에 따라 결정이 난다고 봐야겠죠.]

해설위원의 말대로였다.

스트라이크존도 그렇지만 체크스윙 역시 심판의 역량이었다.

이렇게 애매한 상황에서는 심판의 판정이 절대적이었다.

[자, 타석에는 오늘 경기 아직까지 안타가 없는 정찬열 선수가 들어섭니다.]

[한국 시리즈 2차전의 승부처로 보입니다. 여기서 점수를 내지 못하면 와이번스는 그대로 흐름을 넘겨줄 수 있습니다.]

[정찬열 선수는 한국 시리즈 1차전에서도 안타를 추가하지 못하면서 통산 한국 시리즈 6타수 무안타를 기록 중입니다. 준플레이오프, 플레이오프에서 좋은 모습을 보여준 것과는 상반된 모습인데요.]

[아무래도 한국 시리즈라는 큰 경기다 보니 긴장을 한 것으로 보입니다.]

체력적인 약점을 보여준 적이 없었던 찬열이기에 세간에서는 중압감을 이기지 못했을 거라고 어림짐작 하고 있었다.

그건 전문가들 역시 마찬가지였다.

와이번스 내부에서도 찬열의 약점을 굳이 언급할 이유가 없었기에 숨기고 있었다.

타석에 들어선 찬열은 배트의 끝으로 홈 플레이트의 모서리를 찍었다.

"후우―!"

그리고 한숨과 함께 헤드로 가상의 히팅 포인트를 가리켰다.

특유의 루틴을 끝낸 그는 가볍게 허리를 돌리며 타석의 뒤에 섰다.

'강속구에 자신이 있으니 그것을 노리면 된다.'

찬열의 눈이 차분하게 가라앉았다.

심형섭은 강속구 투수다.

평균 구속 150㎞가 넘는다는 건 한국 야구에서는 보기 드문 일이었다. 그것도 사이드암으로 말이다.

그랬기에 심형섭은 강속구에 프라이드가 있었다.

그가 오늘 던진 20개의 공 중 17개가 패스트볼 계열의 공이었다.

정규시즌에는 심지어 20개를 던져 20개 모두 패스트볼인 적도 있을 정도였다.

그만큼 강속구에 자부심을 가지고 있었고 그 자부심만큼이나 공의 위력이 있었다.

[초구 던집니다!]

뻥―!

"스트라이크!"

[바깥쪽 낮은 코스를 날카롭게 찌르는 포심 패스트볼! 구속이 154㎞가 찍혔습니다!]

엄청난 속도에 심형섭의 입가에 자신만만한 미소가 그려졌다.

초구에 빠른 공을 봐서일까?

타석에서 물러난 찬열은 배트를 두어 번 휘둘렀다.

그리고는 장갑을 다시 손에 끼우고 마지막으로 헬멧을 만진 뒤 타석에 들어섰다.

눈을 감았다가 뜬 찬열의 눈에 주변의 수비수들, 관중의 응원 소리가 점점 잦아들었다.

'보인다.'

포수로서 경기에 나가지 않으면서 정신적으로 육체적으로나 오롯이 타격에만 집중할 수 있었다.

앞에 두 타석에서는 아직 잡념이 남아 있었던 탓에 제대로 집중을 할 수 없었다.

하지만 지금은 아니었다.

감독이 자신을 믿고 준 기회가 찾아오자 여느 때보다 집중력이 높아졌다.

내가 해결을 해야 된다.

한 가지 생각에 집중하자 대기 타석에서부터 심형섭에게만 집중할 수 있었다.

'내가 노려야 될 건……'

찬열의 눈이 차분하게 가라앉았다.

'포심 패스트볼.'

존을 좁히고 노려야 될 구종 역시 하나로 한정지었다.

모든 준비가 끝났다.

찬열은 배트를 쥔 손의 그립을 더욱 단단히 했다.

스윙을 하면서 배트가 돌아가지 않게끔 한 것이다.

'히팅 포인트는……'

시선을 내려 자신의 왼쪽 발보다 조금 앞에 있는 공간을 쳐다봤다.

그러자 마치 그곳에 있기라도 한 듯 가상의 야구공이 나타났다.

'여기서 때린다.'

히팅 포인트까지 결정한 찬열의 시선이 다시 심형섭에게 향했다.

때마침 심형섭이 슬라이드 스텝을 내딛었다.

킥킹을 한 발이 마운드 위를 밟으며 지지대를 완성하자 뒤이어 허리가 회전했다.

빠른 동작이었지만 지금의 찬열에게는 마치 슬로비디오처럼 보였다. 이를 꽉 깨물고 전력을 다하는 모습에 찬열도 배트를 살짝 뒤로 빼 테이크백을 시작했다.

동시에 왼발을 회전시키며 회전력을 상체로 이동시켰다.

'와라.'

심형섭의 허리가 돌아가며 팔꿈치가 앞으로 나오기 시작했다.

여전히 공의 모습을 보이지 않았다.

디셉션이 탁월한 투수라는 게 새삼스레 느껴졌다.

하지만 그것도 잠시, 공이 모습을 드러냈다.

'포심!'

평소라면 보이지 않을 그립이 보이자 찬열의 눈이 빛났다.

릴리스 포인트까지 확인한 찬열은 코스도 한정지었다.

"차앗!"

동시에 심형섭의 기합 소리와 함께 공이 손을 떠났다.

맹렬하게 회전하는 공을 바라보며 찬열도 스윙에 속도를 더했다.

'느려!'

집중력이 높아지면서 평소보다 동체 시력이 좋아졌지만 스윙 속도까지 영향이 있는 건 아니었다.

오히려 자신의 스윙 속도도 느려졌기 때문에 더욱 답답하게 느껴졌다.

'밀린다!'

이대로라면 타격이 이루어져도 배트가 밀리면서 공이 높게 뜰 가능성이 높았다.

조금이라도 스윙에 스피드를 더해야 했다.

'제발!'

찬열은 젖 먹던 힘까지 쥐어짜며 상체가 회전하는 속도에 더욱 힘을 주었다.

동시에 모든 힘을 손목에 집중시키며 스피드를 끌어올렸다.

그래서일까?

딱-!

경쾌한 소리와 함께 슬로우가 풀린 것처럼 주변의 상황이 한꺼번에 인지됐다.

"와아아아아!"

'쳤다!'

상황을 빠르게 판단한 찬열이 1루로 내달렸다.

[라인드라이브로 날아간 타구가 그대로 우익수 키를 넘어 노바운드로 펜스에 강하게 부딪힙니다! 튕겨져 나간 공이 파울라인 밖으로 날아갑니다!]

날아간 공은 다시 파울라인 밖의 펜스에 부딪히며 불규칙적으로 튀었다.

정상적인 바운드가 아니었기에 우익수가 다소 늦게 공을 잡았다.

그사이 1루 주자 박현우까지 홈으로 파고들었다.

[2루 주자! 1루 주자! 모두 홈인! 그리고 타자주자는 2루를 지나 3루로 내달립니다!]

우익수와 타구의 움직임을 확인한 찬열이 곧장 3루로 내달렸다.

그사이 공을 잡은 우익수가 급하게 공을 송구했다.

거의 외야까지 나왔던 유격수가 공을 잡아 그대로 3루로 송구하려 했다.

하지만.

좌아아악-!

3루로 슬라이딩을 하는 찬열의 모습에 송구를 포기했다.

[2타점 3루타! 가장 필요한 순간에 한 방을 터뜨려 주는 정찬열 선수입니다!]

"아자!"

자리에서 벌떡 일어난 찬열이 와이번스 더그아웃을 향해 주먹을 불끈 쥐어 보였다.

"으아아아아!"

"최고다, 찬열아!"

더그아웃에서 지켜보던 동료들이 일제히 환호를 질렀다.

[인천 문학구장에서 열리는 한국 시리즈 3차전도 끝을 향해 달리고 있습니다. 9회 초, 4번 타자 김문석의 솔로 홈런으로 선취점을 뽑아낸 라이온즈, 경기를 끝내기 위해 최종병기를 마운드에 올립니다!]


웅장한 멜로디가 그라운드에 울려 퍼졌다.

"와아아아아!"

라이온즈의 원정 팬들이 일제히 자리에서 일어나 환호를 내질렀다.

그리고 한 선수가 마운드에 올랐다.

무표정한 얼굴로 모자를 꾹 눌러쓰는 그의 모습은 다부지다는 표현이 어울리는 모습이었다.

[마운드에는 올 시즌 47세이브를 올리며 세이브 부문 아시아 신기록을 기록한 오성훈 선수가 올라왔습니다. 평균자책점은 1점대로 최강의 마무리라는 표현이 절로 어울리는 선수입니다.]

2005년, 라이온즈의 불펜으로 10승, 11홀드, 16세이브를 올리며 사상 최초로 두 자릿수 승리, 홀드, 세이브를 기록한 선수가 됐다.

2006년에는 한 단계 더 진화된 모습을 보여주었다.

47세이브라는 전인미답의 기록을 세우면서 한국 최고의 마무리투수가 되었다.

그가 등판하면 이제 경기가 끝났다는 걸 의미한다.

그리고 그 의미가 어떤 것인지 다시 한 번 마운드 위에서 보여주었다.

뻥-!

"스트라이크! 아웃!"

[삼구삼진! 한가운데 꽂히는 강속구에 타자의 배트가 허공을 가릅니다!]

순식간에 아웃 카운트를 늘려가는 오성훈.

하지만 마운드 위의 그는 포커페이스로 로진 백을 손에 묻히고 있었다.

마운드 위에서 포커페이스를 유지한다는 건 매우 힘든 일이었다.

투수라고 해도 사람이다.

당연히 감정이 있고 위기 상황에서는 불안한 모습을 노출할 수밖에 없었다.

그러나 오성훈은 어떤 상황에서도 표정의 변화가 없었다.

홈런을 맞더라도 표정 변화 없이 다음 타자를 삼진으로 돌려세우는 강심장, 그게 바로 오성훈의 가장 큰 장점이었다.

뻥─!

"스트라이크! 아웃!"

[또다시 삼구삼진! 두 개의 아웃 카운트를 모두 삼진으로 잡아냅니다! 남은 아웃 카운트는 하나! 타석에는 4번 타자 김상필 선수가 들어옵니다!]

김상필을 상대로 오성훈이 연달아 세 개의 공을 던졌다.

구종은 모두 하나였다.

뻥─!

"스트라이크! 아웃!"

[직구! 직구! 그리고 또다시 직구입니다! 세 개의 직구로 아웃 카운트를 올리는 오성훈! 한국 시리즈 3차전은 라이온즈가 가져갑니다!]

4차전 승리는 와이번스가 다시 가져갔다.

시리즈를 다시 동률로 만든 와이번스와 라이온스는 5차전
에서 에이스인 윤정길과 데니스를 올렸다.

투수전이 될 거란 기대와는 달리 5차전은 난타전이 됐다.

딱─!

[쳤습니다! 강한 타구! 우익수 키를 넘어 그대로 펜스에 부딪힙니
다! 3루 주자, 2루 주자 홈으로 들어옵니다! 그사이 타자주자 2루에
슬라이딩! 아~ 아웃입니다.]

[우익수의 펜스플레이가 좋았어요. 홈 승부가 무리라고 판단한
우익수가 바로 2루에 던져 마지막 아웃 카운트를 올렸습니다.]

[아쉬워하는 박현우 선수! 하지만 2타점을 기록하며 따라오는 라
이온스의 추격을 뿌리칩니다! 스코어는 8 대 5! 라이온스의 9회 초
공격으로 이어집니다!]

"나이스! 나이스!"

박현우는 동료들과 하이파이브를 하고는 벤치에 앉았다.

그러자 기다리고 있던 찬열이 장비를 들고 왔다.

"선배님, 나이스 배팅이었습니다!"

"어, 그래."

평소와 다른 반응에 찬열이 의아해했다.

하지만 경기 중임을 깨닫고는 박현우가 장비를 착용하는 걸 도왔다.

레그가드를 장착하기 위해 손을 가져가는 순간.

박현우가 무릎을 뒤로 뺐다.

의아한 표정으로 그를 바라보는 찬열에게 박현우는 조금 냉랭하게 말했다.

"내가 할게."

"아, 예."

평소와 다른 태도에 찬열이 멀찌감치 떨어져 박현우를 살폈다.

기분이 상하거나 그러지 않았다.

애초에 그럴 나이도 아니었고 말이다.

단지 박현우의 행동에서 무언가 이질감이 느껴졌다.

평소 경기 중에도 웬만해서는 짜증이나 예민한 모습을 보이지 않던 그였다.

물론 한국 시리즈라는 큰 경기라서 다를 수도 있었다.

하지만 직감적으로 그게 문제가 아님을 느꼈다.

'내가 저런 반응을 보일 때는…….'

찬열은 과거의 일들을 떠올렸다.

그러나 이내 고개를 저었다.

'짜증을 안 낼 때가 오히려 이상한 거였지.'

지금에 와서 생각하면 과거 자신은 포수로서 형편없는 선수였다.

매일 짜증만 내고 투수들에게 그것도 못 던지느냐면서 대놓고 이야기하던 자신이다.

'생각해 보니 내가 소외될 행동을 했었네.'

점점 과거의 일이 떠오르자 찬열은 이불킥이라도 하고 싶은 심정이었다.

"후우-!"

이내 지금은 그게 문제가 아님을 떠올리면서 더그아웃을 나서는 박현우를 지켜봤다.

'분명 이상해. 계단을 오르는 것도 힘들어 하고…….'

그라운드와 더그아웃의 높이는 약간의 차이가 있었다.

더그아웃이 조금 더 밑에 있었고 그 높이는 계단 4개 정도의 차이였다.

실제로 더그아웃으로 들어오는 입구에는 계단이 설치되어 있었다.

'잠깐, 계단?'

그런 계단을 올라가면서 힘겨워하는 박현우의 모습에 찬열의 얼굴이 굳어졌다.

'무릎…….'

박현우는 본래 무릎이 좋지 않다.

게다가 스프링캠프에서는 무릎 부상으로 인해 시즌의 절

반 이상을 날려먹었다.

회복했다지만 나이가 많은 박현우였다.

한 번 입은 부상이 완벽하게 치료가 되기는 어려운 나이였다.

'후유증……'

거기까지 생각하자 퍼즐이 맞춰지기 시작했다.

시즌 중반 박현우가 복귀한 이후 그는 철저하게 관리를 받았다.

포수로서도 출전 기회를 부여받지 못했다.

당시에는 자신이 잘하고 있으니 감독이 엔트리에 손을 대지 않는 거라고 생각했다.

하지만 잘 생각해 보면 그게 아니란 걸 알 수 있었다.

박현우는 베테랑이다.

주전으로 경기에 나갈 순 없더라도 투수에 따라 경기에 나갈 수 있었다.

하지만 그러지 않았다.

그가 경기에 나서기 시작한 건 복귀 이후 한 달이란 시점이 지난 뒤부터다.

그 횟수도 무척이나 제한적이었다.

시즌 중이었기에 깊게 생각하지 않았지만 지금 생각하면 분명 이상했다.

'지명타자로 나가는 것도 제한이 있었다.'

마치 신인 타자를 키우는 것과 같은 기용이었다.

스타플레이어인 박현우의 입장에서는 반발할 수도 있지만 그런 모습은 전혀 보이지 않았다.

'설마 무릎이 계속 좋지 않았던 걸까?'

그렇다면 모든 게 설명됐다.

무릎이 좋지 않더라도 팀의 순위를 위해 그리고 정신적인 지주 역할을 위해 복귀했을 수도 있다.

베테랑 선수라는 건 단순히 경험이 많다 정도로 정의할 수 없다.

베테랑 한 명이 팀에 미치는 영향은 실질적인 것부터 보이지 않는 부분까지 있었다.

실제로 찬열도 박현우가 뒤에 있다는 사실에 안정감을 느낄 수 있었다.

게다가 시즌 도중 건네는 그의 한마디는 큰 가르침을 주었다.

'그렇다면 지금 앉는 것도 고욕일 텐데…….'

찬열은 걱정스런 표정으로 캐처 박스에 앉는 박현우를 바라봤다.

* * *

5차전이 끝났다.

승리는 와이번스가 가져갔다.

마무리투수 김상훈이 9회에 올라와 깔끔하게 경기를 매조지었다.

경기가 끝나고 선수들이 하나둘 집으로 돌아갔지만 찬열은 경기장에 남았다.

라커룸에 홀로 남게 되자 그는 감독실을 찾았다.

똑똑-!

"누구세요?"

"저, 찬열입니다. 감독님."

"찬열이? 들어와."

문을 열자 자리에서 일어나는 이동건 감독이 보였다.

"이 시간에 웬일이야? 아직 집에 안 갔어?"

"잠깐 물어볼 게 있어서요."

"그래, 앉아라."

이동건의 표정이 조금 심각해지긴 했지만 무시하고 자리에 앉았다.

"그래, 무슨 일인데, 이 시간에 찾아왔어?"

"다름이 아니라 박현우 선배가 부상을 입으신 거 같습니다."

"음."

찬열은 바로 본론을 꺼냈다.

이런 이야기는 괜히 돌려서 이야기하면 오해가 생긴다.

하지만 이동건의 반응이 다소 예상과 달랐다.

마치 알고 있었다는 듯, 난처한 표정을 짓고 있었다.

"알고…… 계셨습니까?"

"그래, 알고 있었다."

이동건이 소파에 몸을 기대었다.

"스프링캠프에서 당했던 부상이 회복되긴 했지만 문제는 완치까지는 되지 않았었다."

예상대로였다.

"하지만 팀의 사정상 박현우 같은 베테랑의 힘은 꼭 필요했지. 그리고 녀석의 타격 능력은 우리 팀의 타선을 완성시켜 줄 마지막 퍼즐이었고."

박현우는 올스타 브레이크 이후 복귀를 했지만 이번 시즌 2할 9푼, 타점 62개, 홈런 18개를 때려내며 최고의 활약을 보여주었다.

만약 풀 시즌을 치렀다면 역대 그의 커리어 중 가장 좋은 성적을 남겼을 수도 있다.

'부상을 입었는데 그 정도의 성적을 내다니…….'

"혹시 오해할까 봐 말해 두지만 타격을 하는 데 녀석의 부상은 문제될 게 없었다."

"아, 그렇군요."

"오히려 득이 됐지. 체력에 대한 문제가 없었으니까."

베테랑 선수들은 대부분이 중후반에 접어들면서 체력적인 한계를 드러냈다.

하지만 박현우는 시즌 중반 이후에나 경기에 나섰으니 체력 안배를 하지 않고 경기를 치를 수 있었다.

"문제는 녀석의 무릎 상태야. 원래부터 좋지 않았는데 이번 부상이 치명상이 되었다. 시즌 중에는 그래도 괜찮은 편이었는데 후반에 접어들면서 더욱 심해진 거 같더군."

"그럼……."

"아마 지금도 꽤 힘들 거다."

박현우가 부상을 입고도 경기에 나서는 이유.

찬열은 그것을 묻지 않았다.

이유는 알고 있었다.

바로 자신의 체력이 떨어지자 스스로 자처해서 경기에 나선 것이다.

자신 때문에?

아니었다.

자신이 속한 팀을 위해서 고통을 참아 내면서 경기에 나선 것이다. 한계를 넘어섰다는 표현이 딱 어울렸다.

'나는…….'

그러지 못했다.

그것을 깨달은 찬열의 얼굴이 굳어졌다.

이동건은 말을 하지 못하는 찬열을 보며 아무 말도 하지 못했다.

이런 때에는 그 어떤 조언이나 위로의 말도 소용없었다.

그저 스스로 이겨내는 방법밖에 없었다.

"감독님."

"음?"

한참 동안 말이 없던 찬열이 입을 열었다.

"6차전 마스크를 쓰고 싶습니다."

"음……."

이동건은 바로 대답하지 못했다.

현재 와이번스 엔트리에는 포수가 딱 두 명이 등록되어 있었다.

박현우와 정찬열.

한 명이 부상을 입으면 다른 선수가 출전을 해야 했다.

그랬기에 찬열의 저런 요구는 월권이나 건방진 모습이 아니었다.

단지 이동건이 걱정하는 건 바로 찬열의 상태였다.

찬열은 마스크를 쓰지 않으면서 타격감이 돌아왔다.

그 모습을 지켜보면서 이동건은 확신했다.

"현재의 넌 체력이 떨어져 있다. 마스크를 쓰면 타격감이 떨어졌었다. 그래서 너 대신에 현우가 마스크를 썼던 거고."

"알고 있습니다. 만약 제가 마스크를 쓰면서 타격감에 문제가 생긴다면 언제든지 교체를 하셔도 좋습니다."

"음……."

찬열은 대답을 기다리지 않았다.

"부탁드리겠습니다."

고개를 숙이는 찬열을 바라보며 이동건은 아무런 확답도 주지 않았다.

한국 시리즈 6차전.

5차전을 이긴 와이번스가 승리를 한다면 시리즈 우승으로 막을 내릴 수 있었다.

즉, 그 어느 때보다 중요한 경기란 것이다.

이런 경기에는 베스트 포지션으로 경기에 임해야 했다.

하지만 그럴 수 없었다.

안방마님인 두 사람 모두 걱정거리를 안고 있었다.

찬열을 내보내고 감독실에 홀로 남은 이동건은 긴 시간 고민에 잠겼다.

하지만 그 고민도 이제 끝낼 때가 됐다.

그는 선수 명단의 포수 자리에 하나의 이름을 써 내려갔다.

[정찬열]

다음 날.

라커룸의 한편에 박현우와 찬열이 마주보고 있었다.

"어떻게 된 거냐? 네가 마스크를 쓴다니?"

"어제 감독님에게 부탁을 드렸습니다. 몇 경기 지명타자로 나갔더니 체력이 많이 돌아왔습니다. 이번 경기에서는 제가 마스크를 쓰고 싶습니다."

"음……."

박현우는 찬열의 얼굴을 자세히 바라봤다.

마치 속을 꿰뚫어 보는 것 같은 그의 눈빛에 찬열이 뜨끔했다.

이내 박현우가 한숨을 내쉬었다.

"후우―!"

갑작스런 한숨.

하지만 그 안에는 많은 뜻이 담겨 있었다.

"그러냐? 그럼 다행이네. 너 대신에 마스크 쓰느라 죽는 줄 알았다. 나도 이제 은퇴해야 되나 봐. 몇 번 앉았더니 무릎이 쑤신다."

은퇴라는 말에 찬열의 얼굴이 일순 굳어졌다.

그걸 눈치챈 박현우가 씩 웃었다.

"농담이다. 구단에서 나가라고 등 떠밀 때까지는 할 생각이다. 오늘 선발이 토마스였지?"

"예."

"나보다는 너랑 호흡이 잘 맞는 거 같더라."

"하하……."

찬열이 어색한 미소를 지었다.

그때 박현우의 표정이 진지해졌다.

"한국 시리즈라고 너무 부담 가지지 마라. 포수는 투수를 편하게 해줘야 돼. 최근의 너는 스스로 경기를 끌어가려는 모습이 있다."

찬열은 뜨끔했다.

최근 집중력이 높아지면서 투수에 대한 생각보다는 타자를 어떻게 공략을 해야 될지에 정신이 집중되어 있었다.

그런데 박현우가 그걸 제대로 짚어낸 것이다.

"일단은 투수를 편하게 해주는 게 먼저다. 타자를 관찰해야 되는 건 그다음이야. 선후를 착각해서는 안 된다."

"예."

굳은 얼굴로 고개를 끄덕이는 찬열을 보며 박현우가 어깨를 토닥였다.

"힘내라."

\* \* \*

박현우의 격려 덕분이었을까?

찬열은 한결 편해진 마음으로 마스크를 쓸 수 있었다.

'타자에만 너무 신경 쓰지 말자.'


"플레이볼!"

박현우의 조언을 떠올리는 사이 심판의 콜이 나왔다.

"후우―!"

깊게 숨을 들이쉰 찬열이 손가락을 움직여 사인을 냈다.

고개를 끄덕인 토마스가 투수판을 밟았다.

그리고 와인드업과 함께 공을 뿌렸다.

스트라이크존으로 들어오던 공에 타자의 배트가 돌아 갔다.

그 순간 공이 밑으로 뚝 떨어졌다.

퍽―!

원바운드가 된 공을 가볍게 잡아낸 찬열의 입가에 미소가 그려졌다.

"스트라이크!"

한국 시리즈 대망의 6차전이 시작됐다.


\* \* \*


"스트라이크! 아웃!"

[또다시 삼진입니다! 지금까지 17명의 타자를 상대한 토마스 루수, 13명의 타자를 삼진으로 돌려세웁니다!]

[정규시즌 최다 삼진이 12개였으니 본인의 최다 삼진 기록을 갱신했네요.]

토마스의 컨디션은 최상이었다.

6회 초가 진행되고 있는 이때 피안타는 고작 1개에 불과했다.

볼넷은 없는 데다가 스트라이크와 볼 비율 역시 최고였다.

그러나 이동건은 토마스보다 찬열의 리드에 시선을 뺏겼다.

'토마스가 원하는 코스, 구종을 마치 알고 있다는 듯 리드를 하고 있다.'

이전까지는 타자의 약점을 공략하는 느낌이라면 지금은 투수가 던지기 편한 곳을 생각하는 리드였다.

이는 매우 큰 차이였다.

포수는 타자의 약점을 알아내는 것도 중요했지만 무엇보다 투수를 편하게 해주는 게 우선이었다.

뻥―!

"스트라이크! 아웃!"

[다시 삼진! 이로써 삼진수를 14개로 늘리면서 6이닝을 무실점으로 틀어막는 토마스 선수입니다!]

더그아웃으로 향하던 찬열은 토마스와 가볍게 주먹을 부딪쳤다.

"나이스 피칭."

"나이스 리드."

서로를 칭찬하며 더그아웃으로 들어갔다.


박빙일 것이라 예상했던 6차전.

하지만 토마스의 호투로 경기는 기울기 시작했다.

그나마 라이온스의 2선발인 우택형이 6회까지 무실점으로 버틴 게 다행이었다.

그러나 우택형이 내려간 7회.

와이번스의 공세가 시작됐다.

딱―!

[쳤습니다! 2루수 키를 넘기는 안타입니다. 선두타자가 나가는 와이번스입니다!]

[3번 타자인 윤승준 선수, 욕심 부리지 않고 가볍게 쳤네요.]

다음 타자로 김상필이 타석에 들어섰다.

그를 상대로 심형섭이 강속구를 뿌렸다.

하지만 속도가 제대로 나오지 않았다.

6차전 동안 4경기에 나온 심형섭의 체력이 떨어진 것이다.

그리고 그런 공은 김상필의 상대가 되지 못했다.

딱―!

경쾌한 소리와 함께 라인드라이브로 날아간 공이 좌중간

에 떨어졌다.

[절묘한 코스! 하지만 시프트가 걸려 있던 중견수가 일찌감치 공을 잡아냅니다. 1루 주자는 2루에서 멈출 수밖에 없네요.]

[시프트가 걸려 있지 않았다면 2루타가 될 공이었습니다. 아쉽겠네요.]

[아~ 투수 코치가 올라옵니다. 오늘 전체적으로 공의 구위가 좋지 못한 심형섭 선수를 교체하는 것 같네요.]

[연속해서 등판한 게 독이 된 거 같습니다.]

[심형섭 선수 내려가고 올라오는 투수는 아~ 마무리 오성훈을 여기에서 올리나요?!]

오성훈이 올라왔다.

이는 모든 이를 놀라게 했다.

마무리투수란 말 그대로 경기를 끝내기 위해 올라오는 투수를 의미한다.

그런 오성훈이 7회에 올라왔다.

[라이온스는 이번 이닝을 승부처로 보고 있군요. 오늘 경기를 내주면 뒤가 없는 라이온스의 입장에서는 배수의 진을 친 겁니다.]

그라운드에 긴장감이 감돌았다.

오성훈의 등판이 실패로 돌아간다면 라이온스는 패배할 확률이 높아진다.

하지만 성공한다면?

경기는 어떻게 흘러갈지 모를 일이었다.

[타석에는 박현우 선수가 들어섭니다.]

지명타자로 경기에 출전한 박현우를 상대로 오성훈이 초구를 뿌렸다.

"흡!"

기합 소리와 함께 그의 손을 떠난 공이 스트라이크존 한가운데를 찔렀다. 뻥—!

"스트라이크!"

'돌직구…….'

대기 타석에서 오성훈의 투구를 바라보는 찬열의 뇌리에 별명이 떠올랐다.

'구속은 별로 빠르지 않아. 하지만 공의 구위가 압도적이다.'

오성훈의 평균 구속은 149㎞다.

빠른 구속이긴 하지만 압도적이라 할 수는 없었다.

그런데 이 구속을 가지고 오성훈은 모든 타자를 압도하며 한국은 물론이거니와 일본도 평정했었다.

'하지만 단조롭다.'

오성훈의 약점이 눈에 보였다.

'포심, 투심, 슬라이더 이 정도인가?'

세 개의 구종 모두 위력적이다.

하지만 떨어지는 공이 없기 때문에 분명 약점은 있었다.

'무엇보다 포수의 리드가 별로야.'

현재 라이온스의 안방마님은 베테랑 진은성이었다.

박현우와 함께 한국 야구를 책임지는 두 명 중 한 명이었다.

박현우가 부드러운 카리스마라면 진은성은 강한 카리스마로 투수들이 자신의 리드를 따르게 만들었다.

실제로 진은성의 리드에 고개를 젓는 투수는 많지 않았다.

오성훈 역시 마찬가지였다.

박현우를 상대하며 던진 4개의 공 모두 직구 계열이었다.

뻥-!

"스트라이크! 아웃!"

그리고 5구 역시 포심 패스트볼이다.

무릎 높이로 들어오는 낮은 코스, 박현우의 손을 멈출 수밖에 없었고 심판의 손은 올라가기에 충분한 공이었다.

"제길!"

찬스를 살리지 못했다는 사실에 박현우의 얼굴이 일그러졌다.

더그아웃으로 돌아가던 박현우가 찬열의 앞에서 걸음을 멈췄다.

"저 녀석, 컨디션 베스트다. 공이 마지막 순간에 떠오르는 느낌이야. 평소보다 타점을 높게 잡아야겠어."

"알겠습니다."

[6번 타자 정찬열 선수, 타석에 들어섭니다. 1사에 주자 1, 2루. 찬스에 강한 정찬열 선수가 과연 해결할 수 있을지 기대가 됩니다.]

찬열이 오성훈을 바라봤다.

'분명 좋은 투수다. 하지만……'

그의 머릿속에 여러 경우의 수가 떠올랐다가 사라졌다.

그리고 하나의 경우의 수만이 남았다.

그사이 오성훈이 초구를 뿌렸다. 퍽-!

"볼!"

[초구 바깥으로 흘러나가는 슬라이더! 하지만 정찬열 선수 꿈쩍도 하지 않네요.]

이후에도 오성훈은 유인구를 던졌다.

하지만 찬열은 속지 않고 볼카운트는 3볼 1스트라이크가 됐다.

[최근 정찬열 선수의 페이스가 떨어지긴 했지만 한 방이 있습니다. 그러니 조금 신중하게 가는 느낌입니다.]

찬열이 타석에서 물러나 오성훈을 바라봤다.

'불만이 쌓였다.'

무표정하지만 사소한 행동에서 그런 불만들이 드러났다.

하지만 진은성은 그걸 캐치하지 못했다.

'포수의 자기주장이 강하다. 투수가 원하는 걸 캐치하지 못하고 있어.'

오성훈은 승부욕이 강하다.

실적이 쌓인 미래에서 그는 공격적인 투구 내용으로 더욱 이름을 알렸다.

때로는 3명의 타자를 상대하면서 포심 패스트볼 하나만 던질 때도 있었다.

그만큼 속구에 자신이 있었고 자부심을 가졌다.

'이건⋯⋯.'

오성훈이 5구를 뿌렸다.

그 순간 찬열의 상체가 빠르게 회전했다.

무엇을 던질지 예상이라도 하고 있다는 듯 찬열의 스윙에는 거침이 없었다.

'포수의 패배다!'

오성훈의 손에서 공이 떠났다.

구종은 바깥쪽으로 흘러나가는 슬라이더였다.

그것을 놓치지 않고 찬열의 배트가 매섭게 돌았다.

딱-!

[밀어 친 타구! 우익수 키를 넘깁니다!]

찬열의 좋은 타격에 순식간에 주자들이 모두 홈으로 파고들었다.

[2타점 적시 2루타! 정찬열 선수의 창이 방패를 뚫었습니다!]

                    ＊ ＊ ＊

9회 말.

마운드에는 김상훈이 올라왔다.

마지막 아웃 카운트 하나를 남겨둔 김상훈이 와인드업을 했다.

그의 손을 떠난 공이 포물선을 그리며 밑으로 떨어졌다.

그 순간 타자의 배트가 힘없이 허공을 갈랐다.

퍽-!

"스트라이크! 아웃!"

마지막 아웃 카운트가 올라갔다.

"이겼다!!!"

와이번스의 모든 선수가 마운드에 뛰어올라왔다.

내야에서, 외야에서 그리고 더그아웃에서 지켜보던 선수들이 마운드 위에서 서로를 부둥켜안았다.

찬열 역시 그 중심에 서서 한국 시리즈 우승의 기쁨을 맞이했다.

# 5장

## 첫 번째 대표팀

한국 시리즈 우승으로 모든 공식 일정이 끝났다.

하지만 선수들은 그 이후 더 바빠진다.

각종 시상식과 행사가 이어지기 때문이다.

특히 올해는 12월부터 카타르 도하에서 열리는 아시안게임이 있었다. 그랬기에 골든글러브를 제외한 모든 시상식이 11월에 집중됐다.

덕분에 선수들은 죽을 노릇이었다.

'차라리 훈련을 하는 게 더 쉽겠다!'

선수들 중 가장 바쁜 건 역시 찬열이었다.

정규시즌은 물론이거니와 포스트시즌에서까지 엄청난 활약을 보여준 덕분에 그는 모든 행사에 참여해야 했다.

11월 중순이 될 즈음.

찬열이 받은 상은 7개가 넘어갔다.

선수협, 일구회, 제약회사, 방송사 등이 주관하는 모든 시상식에서 최우수선수상을 휩쓸었다.

덕분에 집에는 상이 굴러다니기 시작했다.

그 모습을 지켜보던 아버지 정기홍이 진열장을 맞춤으로 제작해 주었다.

"너무 큰 거 아니에요?"

처음으로 진열장의 실물을 본 찬열이 그 크기에 혀를 내둘렀다.

지금 받은 상을 다 진열하더라도 1/10도 채우지 못할 정도로 넓었다.

"이 안에 다 채울 정도로 상을 받으면 되지!"

아버지의 말씀에 찬열이 고개를 저었다.

"얘, 네 아버지가 요즘 얼마나 좋아하시는지 아니? 매일 신문 보시면서 시상식 시간 체크하고 계신단다."

"시상식 시간이요?"

주방에서 식사 준비를 하시던 어머니가 웃음기 가득한 목소리로 말했다.

그러자 아버지가 당황한 얼굴로 외쳤다.

"이 사람이! 그 이야기를 왜 해?"

"호호! 뭐 어때요? 네가 상 받는 모습 녹화해 두려고 그러고 있단다."

"크흠!"

"게다가 요즘에는 동네 사회인 야구단에 나가서 야구도 하고 있어."

"크흐흠!"

사회인 야구라는 말에 찬열의 눈동자가 커졌다.

이전의 삶에서는 아버지가 별도로 야구를 하는 모습을 보지 못했기 때문이다.

"아버지가 야구를 하세요?"

"아니, 뭐. 그냥 친구들이랑 캐치볼 정도나 하고 있다."

"오호……."

찬열이 의외라는 표정으로 아버지를 바라봤다.

정기홍은 무안한지 이내 주방으로 걸어가면서 목소리를 높였다.

"밥 아직 멀었어?!"

"아이고, 금방 돼요. 조금만 기다려요."

"크흐흠!"

무안해하는 아버지의 뒷모습을 보며 찬열의 입가에 미소가 그려졌다.

이전에는 아버지는 TV를 보시다가 시상식이 나오면 바로 채널을 돌리셨다.

혹시나 아들이 상처를 받을까 봐서였다.

게다가 미국으로 건너오면서 친구들과도 연락이 끊어졌다.

그런데 지금은 친구들과 모여 사회인 야구를 하시다니.

야구에 관심이 많아 어린 시절 캐치볼도 같이했었고 때로는 훈련도 도와주셨던 아버지의 모습이 떠올랐다.

'아아…… 좋다.'

모든 것이 완벽했다. 부모님의 얼굴에는 웃음이 떠나지 않았고 자신은 야구를 하는 게 즐거웠다.

'이 행복을 지키기 위해서는 더욱 노력해야 된다.'

찬열은 다시 한 번 다짐을 했다.

"아들~ 식사 준비 다 됐으니까 어서 와."

"네!"

\* \* \*

"CF요?"

찬열은 자신을 찾아온 구단 직원 이혜성을 바라보며 되물었다.

"예, 찬열 선수가 아직 매니지먼트가 없으셔서 구단 측으로 연락이 왔습니다. 정찬열 선수를 CF 모델로 고용하고 싶다고요."

'매니지먼트…….'

인기 있는 야구 선수의 경우 매니지먼트가 따로 있었다.

명칭은 다를 수 있지만 연예인의 소속사와 비슷한 개념이었다.

가족들이 대신해 주는 경우도 있었고 전문 회사에 맡기는 선수들도 있었다.

프로야구 선수는 대중적으로 인지도가 높은 직업이다.

당연히 회사의 입장에서는 그들을 모델로 고용해 제품을 홍보하고 싶어 했다.

하지만 선수는 1년의 대부분을 훈련과 시합으로 시간을 보냈다. 그러다 보니 회사와 따로 만나 협의할 시간이 없었다.

그 외의 행사 역시 마찬가지였다.

KBO에서 주최하는 행사야 개인적으로 연락이 오지만 다른 곳은 거의 받지 못했다. 출연료나 일정을 조율하기 힘들기 때문이다.

이런 일들을 대신해 주는 곳이 매니지먼트 소속사 그리고 가족들이었다. 하지만 경험이 없는 찬열은 아직까지 누구에게도 부탁을 하지 못했다.

계약도 하지 않았고 말이다.

"음료수 회사 말고도 모 그룹에서도 찬열 선수를 고용하고 싶다는 의사를 표명해 왔습니다. 그 외에도……."

이혜성은 종이에 적어둔 명단을 하나하나 호명하기 시작
했다.

시상식에 집중하는 사이 꽤 많은 회사에서 CF 요청이 들
어왔다.

또한 행사 역시 마찬가지였는데 전국에서 열리는 야구 행
사는 의외로 많았다.

그리고 대부분의 행사에서는 유명인을 섭외하기 위해 경
쟁을 벌였다. 특히 프로야구 선수는 그들의 섭외 1순위였다.

'상당히 많은데? 이 행사들에 모두 참여하면 연습 시간이
없겠어. 이래서 이쪽을 전문적으로 해주는 사람들이랑 계약
을 하는 건가?'

머리가 조금 복잡해졌다.

\* \* \*

찬열은 구단에서 나오는 길에 박현우와 마주쳤다.

때마침 점심시간이었기에 박현우의 제안에 따라 두 사람
은 구단 인근의 식당으로 이동했다.

"오~ 인기 스타 다 됐는데? CF 제의도 들어오고 말이야."

"하하, 선배님도 해보셨잖아요?"

"아니, 난 CF 찍은 적 없었다."

"에이~ 설마요."

찬열이 믿을 수 없다는 듯 말했다.

하지만 박현우는 아무 대꾸도 하지 않고 냉수를 들이켰다.

"헐…… 정말이에요?"

"응, 90년대에는 프로야구 선수가 CF에 나간다는 건 거의 불가능했거든. 뭐, 이종현 선배나 양운석 선배 같은 대스타들이야 CF도 찍고 음반도 내고 했지만 말이야."

찬열도 아는 사람들이었다.

두 사람 모두 현역이지만 조만간 은퇴를 하고 해설위원이나 방송인으로 데뷔한다.

하지만 두 사람을 제외하고 90년대 프로선수 중 CF나 TV에 출연한 선수는 손에 꼽을 정도로 적었다.

"특히 포수란 포지션은 그렇게 눈에 띄는 자리가 아니니까 말이야."

"그렇죠. 하지만 선배님은 포수로서 뛰어난 활약을 하셨잖아요? CF 제의 같은 거 들어와도 이상할 게 아닐 텐데……."

"뭐, 몇 번 제의는 있었지만 당시에는 내가 관심이 없었어. 특히 나 같은 경우는 연고지가 몇 번 바뀌었으니까 말이야."

90년대는 프로야구가 온전히 정착하기 이전의 시대였다.

기존의 팀이 사라지고 새로운 팀이 나타났고 그 과정에서 박현우는 팀을 옮기기도 했다.

새 팀에 적응하는 것에도 정신이 없는데 야구 외적인 부분에 신경 쓸 겨를이 없었을 것이다.

"뭐, 내 이야기는 이쯤에서 그만하고. 그래서 어떻게 하려고?"

"사실 고민이에요. 곧 아시안게임이고 이후에는 스프링캠프를 대비해서 훈련도 해야 되니까요. 분명 좋은 기회이기는 하지만……."

"협의할 시간이 없다. 이거네?"

"그렇죠. 매니지먼트를 알아보기에도 시간이 촉박할 거 같고요."

찬열의 고민에 박현우는 잠시 고민을 하는가 싶더니 이내 이야기를 꺼냈다.

"일단 부모님과 상의를 해봐. 내가 아는 애들도 부모님이 대리인 역할로 관계자들을 만나기도 하거든?"

"음……."

찬열은 선뜻 대답하지 못했다. 아버지는 자신만의 사업을 하고 있었다. 물론 자신이 부탁을 한다면 아버지는 바로 도와줄 것이다.

문제는 찬열이 내키지 않는단 점이었다.

'아버지에게도 아버지만의 삶이 있으신데 무작정 날 도와

달라고 해도 될까?'

이전 삶에서도 자신을 위해 아버지는 자신의 사업을 포기하셨다. 그랬기에 더욱 망설여졌다.

그런 생각이 표정에서 드러나서일까? 박현우가 다시 이야기를 꺼냈다.

"뭐, 무슨 생각을 하는지 알겠지만 일단 이야기라도 꺼내봐. 부모님이라고 해서 무작정 승낙하시지는 않을 테니까."

"선배님은 어떻게 하셨나요?"

"나? 당연히 말씀드렸지. 그랬더니 아버지가 그러시더라고. 네 일은 네가 알아서 하라고 말이야."

그때의 일이 떠올랐는지 박현우의 입가에 작은 미소가 그려졌다.

"그래서 매니지먼트와 계약했지. 사실 걱정도 많았는데 좋은 분을 만나서 지금까지도 인연을 하고 있다."

"좋은 분이요?"

"응. 김영재 형님이라고 원래 변호사셨는데. 야구광이시다. 지금은 YJ 매니지먼트 대표로 계시고."

"오……."

찬열이 눈을 빛냈다.

그 모습에 박현우가 조심스레 물었다.

"혹시 관심이 있으면 연결해 줄까?"

사실 박현우는 처음부터 이걸 제안할까 생각했다.

하지만 모양새가 이상할 수도 있기 때문에 먼저 이야기를 꺼내지 않았다.

그런데 찬열이 저렇게 관심을 보이니 이야기를 꺼낼 수밖에 없었다.

"내가 20년 정도 영재 형님과 알고 지내지만 믿을 만한 분이다. 물론 나와의 친분 때문에 네가 부담을 가질 필요는 없어."

박현우는 무척이나 조심스러웠다. 계약이란 민감한 문제가 걸려 있으니 당연한 반응이었다. 하지만 찬열은 호탕하게 고개를 끄덕였다.

"예, 그럼 부탁 좀 드릴게요!"

"어? 그, 그래."

오히려 박현우가 얼떨떨한 표정을 지었다.

그러나 찬열은 이미 여러 생각을 머리에서 정리한 상황이다.

아니, 애초에 YJ 매니지먼트라는 말을 듣고 꼭 만나보고 싶다는 생각을 했다.

이유?

당연히 있었다.

'미래의 YJ 매니지먼트는 세계적인 기업으로 성장한다. 특히 빅 리그에 진출하는 한국 선수들을 매니지먼트하면서 유명해지지.'

찬열의 동기들 중 꽤 많은 선수가 메이저리그 진출에 성공한다.

그렇기 때문에 기사를 자주 찾아봤었다. 그런 기사들 중에 꼭 언급이 됐던 회사가 바로 YJ 매니지먼트였다.

워낙 많이 봤었기에 기억을 하고 있었다.

* * *

며칠 뒤.

찬열은 아시안게임 야구대표팀 출정식을 위해 서울 강남의 르네상스 호텔에 도착했다.

"자, 여기 유니폼이요."

관계자에게 받은 푸른색 유니폼을 본 찬열은 감회가 새로웠다.

국가대표 유니폼.

사람에 따라 다르지만 찬열에게는 무척이나 큰 의미가 있는 옷이었다.

'마이너리그를 전전하던 내가 이제는 국가를 대표하는 선수가 되다니.'

자신이 생각해도 정말 대단한 일이었다.

"그러다가 유니폼에 구멍 뚫리겠다."

"어? 왔나?"

익숙한 목소리에 고개를 돌리자 류성일이 서 있었다.

"너 살 좀 쪘다?"

"하하, 구속 좀 늘리려고 찌웠지."

고교시절 류성일은 체격이 좋은 편이었다.

그런데 지금은 그때보다 덩치가 조금 더 커진 느낌이다.

"하긴 고등학생 때보다 더 빨라진 거 같더라."

"그렇지? 그나저나 너랑 다시 호흡을 맞출 날이 이렇게 빨리 올 줄은 몰랐네."

"세계 청소년 선수권대회가 마지막이었으니, 1년 좀 넘었나?"

"그렇지. 참, 승현이 소식 들었냐?"

"한승현이?"

예상하지 못한 이름이 나오자 찬열이 되물었다.

"응, 그 녀석 내년 타이거즈 스프링캠프부터 합류한다고 하던데?"

"정말?"

"우리 아버지랑 승현이 아버지랑 친분이 있거든. 들어보니까 재활은 끝났고 미국에서 공 던졌는데 140㎞ 후반까지는 나왔다고 하더라고."

부상 치료에 들어가면서 한승현에 대한 기사는 더 이상 나오지 않았다.

개인적으로도 연락을 하지 않기에 어떻게 진행되는지 알지 못했다.

'나도 시즌을 치르느라 바빴으니까.'

바쁘게 시간을 보내는 사이 한승현도 열심히 노력한 것 같았다.

벌써 140㎞ 후반이 나온다는 건 그만큼 재활이 빨랐다는 소리니까 말이다.

"잘됐네."

진심이었다.

부상으로 야구를 하지 못한다는 게 얼마나 힘든 일인지 잘 알고 있었다. 찬열 역시 부상으로 인해 실력의 급격한 저하를 겪었으니까 말이다.

"정말 잘됐다."

\* \* \*

출정식이 끝난 뒤.

찬열은 류성일과 함께 호텔에서 별도로 마련된 방에서 앉아 있었다.

그런 두 사람의 맞은편에는 30대 중반의 여인과 그 뒤에 카메라를 들고 연신 두 사람을 찍어 대는 남자가 있었다.

"야구팬들이 두 분에 대한 기대가 꽤 큰데요. 첫 국가대표
인데 떨리지는 않으신가요?"

"긴장보다는 기대가 더 됩니다."

"기대요?"

찬열의 대답에 여인이 눈을 빛냈다.

"네, A매치가 자주 있는 축구와 달리 야구의 국가대항전
은 많이 없습니다. 그렇기 때문에 다른 국가의 선수들과 경
기를 할 수 있다는 게 기대됩니다."

예상하지 못한 대답에 여인의 눈이 커졌다.

'기자 생활을 8년이 넘도록 하고 있지만 신인이 이런 대답
을 한 적이 있었던가?'

여인의 이름은 김채영.

투데이 베이스볼이란 잡지의 메인 기자로 활동 중이었다.

인터넷에도 칼럼을 연재할 정도로 야구에 관한 지식이 뛰
어났다.

"저도 기대됩니다!"

"그래요?"

옆에서 지켜보던 류성일이 경쟁이라도 하듯 대답했다.

"제 공으로 일본 선수들 삼진 시키고 싶거든요."

어떻게 보면 오만할 수도 있지만 김채영은 그의 대답을 좋

게 봤다.

'프로선수라면 저 정도의 배짱은 있어야지.'

두 사람의 대답이 마음에 드는지 김채영은 즐거운 기분으로 인터뷰를 진행했다.

\* \* \*

출정식 이후 국가대표팀은 프로 팀과 함께 연습경기를 진행했다.

시즌이 끝난 지 꽤 시간이 흘렀지만 대표팀은 3번의 연습경기를 모두 승리할 수 있었다.

최고의 컨디션을 유지한 대표팀은 이제 출국만을 남겨두었다.

"아들! 짐은 다 챙긴 거야?"

"응, 다 챙겼어요."

어머니는 대답이 못 미더우신지 캐리어를 일일이 열어 확인했다.

"어머! 정말 잘 챙겼네."

캐리어에는 필요한 물품들이 차곡차곡 정리되어 있었다. 응급약은 물론이거니와 환전한 돈도 여러 군데에 분산해서 분실 위험을 줄였다.

옷 역시 정리가 잘되어 있어 어머니가 할 일은 없었다.

"해외에 몇 번 안 나가본 애가 어찌 이렇게 잘 챙겼어?"

"요즘은 인터넷 보면 다 나와요."

거짓말이었다.

마이너리그를 전전하면서 몇 번이나 짐을 챙겼기에 짐 챙기기에는 이골이 나 쉽게 정리할 수 있었다.

하지만 이번에는 마음가짐이 달랐다.

'예전에는 쫓겨나서 짐을 챙겨야 했지만 이번에는 아니야. 국가대표로서 가는 거다.'

찬열은 다시 한 번 떨리는 마음을 진정시켰다.

"참, 아들. 이거!"

어느새 다가온 어머니가 주머니에서 봉투를 꺼내 쥐여 주셨다.

"이게 뭐예요?"

"카타르 가서 맛있는 거라도 사 먹어."

"에이, 엄마. 저 돈 많아요."

"그래도 받아. 네 돈은 네 돈이고 이건 엄마가 주고 싶어서 주는 거야."

억지로 봉투를 건넨 어머니가 후다닥 주방으로 달려가셨다.

그런 어머니를 바라보는 찬열의 얼굴에 미소가 그려졌다.

"감사합니다."

어머니는 그 말을 들었지만 내색하지 않은 채 설거지를 마저 하셨다.

* * *

다음 날.

찬열은 인천공항에 도착했다.

대표팀에 합류한 그는 기자단과 팬들 그리고 야구 관계자들의 배웅을 받으며 결전의 땅, 카타르 도하행의 비행기에 몸을 실었다.

9시간이 걸리는 비행 시간을 대부분의 선수들은 잠으로 보냈다.

하지만 찬열은 생각을 정리하느라 잠을 청하지 못했다.

'이번 대회는 도하 참사라고 불리는 한국 대표팀 최악의 경기가 된다.'

얼마 전, 찬열은 기억해 냈다.

한국야구의 역사에서 지우고 싶던 역사의 한 페이지를 말이다.

최근 병역비리 여파에도 불구하고 올 시즌 한국 야구는 흥행에 성공했다.

이유는 당연히 WBC 때문이었다.

시즌 전, 최정예로 꾸려진 대표팀이 WBC에서 4강이라는 신화를 만들어냈다.

특히 일본 대표팀에게 2승 1패, 세계 최강인 미국을 상대로도 승리했다.

국민의 관심이 야구에 몰리는 결정적 계기가 됐다.

문제는 직후에 열리는 국가대항전인 아시안게임이었다.

'이번 대회에서 주의해야 될 팀은 두 팀이다.'

바로 대만과 일본이다.

아시안게임에 참가하는 나라들 중 몇 안 되는 제대로 된 야구 인프라를 갖춘 나라이기도 했다.

"야, 이야기 들었냐? 일본에서는 사회인 야구로 하는 놈들이 나온다면서?"

"들었다. 도대체 무슨 생각이라냐? 우리는 프로 올스타로 나가는데."

잠을 자지 않는 몇몇 선수의 이야기가 들렸다.

'정확히는 독립리그지.'

찬열의 얼굴이 굳어졌다.

국내의 몇몇 언론에서 일본 대표팀의 소식을 전했다.

사회인 야구란 명칭은 그곳에서 나왔다.

하지만 정확한 명칭이 아니었다.

독립리그.

간단히 말해 준프로급의 선수들이 모여 프로 리그가 아닌 곳에서 야구를 하는 걸 말한다.

야구의 본고장 미국이나 아시아 최강자 일본은 이미 독립 리그가 활성화 되어 있다.

'하지만 국내에는 아직 제대로 알려지지 않았다. 덕분에 대표팀은 일본 선수들을 깔보고 있어.'

미국에 있던 시절 어째서 국내 대표팀이 일본 대표팀에 역전패를 당했는지 알지 못했다.

하지만 직접 선수단에 합류하니 대략 이유를 알게 됐다.

'마음가짐이 너무 느슨하다.'

WBC라는 거대한 대회에서의 좋은 성적.

그리고 라이벌이라 할 수 있는 일본에서 프로선수가 아닌 아마추어 선수들이 출전한다는 점.

'언론에서는 매일 우리가 금메달을 획득할 거란 예상까지 하니까.'

선수들의 정신이 느슨해질 수밖에 없었다.

현 대표팀의 80퍼센트는 WBC에 참가했던 전적이 있다.

그렇기 때문에 자신감이 충만했다.

당연히 이긴다.

이런 생각은 야구에서 가장 큰 위험이었다.

'나도 트리플A에 승급했을 때 당연히 메이저리그에 들 거

라 생각했었다. 그게 내 정신을 느슨하게 만들었었지.'

찬열의 얼굴이 점점 굳어졌다.

'이대로는 또다시 참사가 벌어진다.'

도하 참사. 그 디데이가 점점 다가오고 있었다.

\* \* \*

카타르 도하에 도착한 대표팀은 곧장 숙소로 이동했다.

카타르 측에서 이번 아시안게임에 준비를 많이 했는지 숙소는 고급스러우면서도 깔끔했다.

"오늘 하루는 푹 쉬면서 여독을 풀도록 해라. 다들 알아서 하겠지만 내일부터는 훈련이니 쓸데없이 돌아다니지는 말고!"

"예!"

대표팀 감독인 김재용은 선수들을 풀어주는 쪽으로 결정했다.

그 역시 이번 대회를 우습게보고 있었다.

"나가서 한잔할까?"

"난 좀 자야겠다."

선수들은 삼삼오오 모여 무리를 지었다.

친분이 있는 선수들끼리 모인 것이다.

"찬열아."

익숙한 목소리에 고개를 돌리자 윤정길이 서 있었다.

이번 시즌 커리어 하이를 찍은 윤정길은 당연하게도 대표팀에 선발됐다.

"밥이나 먹으러 갈까 하는데."

윤정길의 손이 뒤를 가리켰다.

거기에는 일단의 무리가 모여 있었다.

익히 알고 있는 얼굴들이다.

대표팀에서 베테랑이라 불릴 만한 선수들이었다.

하지만 찬열은 고개를 저었다.

"죄송합니다. 할 일이 조금 있어서요."

"할 일?"

"예, WBC에 참가했던 다른 국가 선수들에 대한 데이터를 좀 찾아보려고요."

"그걸 벌써?"

"네, 저는 WBC에 참가하지 않았으니까 선수들에 대해서 모르니까요."

좀처럼 감정을 드러내지 않는 윤정길의 얼굴에 놀란 빛이 나타났다.

그런 윤정길을 뒤로하고 찬열은 배정 받은 방으로 향했다.

"어…… 우리도 잠이나 잘까?"

"그, 그럴까? 술은 무슨……."

"나도 WBC 영상이나 좀 봐야겠다. 인터넷에 있으려나?"

찬열의 목소리가 작은 편이 아니었기에 주변에 있던 선수들이 발걸음을 돌렸다.

신인이 데이터를 찾아보는데 술을 마시러 가기에는 눈치가 보인 것이다.

물론 모두가 그런 게 아니다.

하지만 많은 선수가 발길을 돌리는 게 보였다.

그 모습에 윤정길이 미소를 지었다.

'후배 녀석이 저러는데 나도 놀고 있을 순 없지.'

그는 호텔 내부의 피트니스 센터로 향했다.

그런 로비의 상황을 모른 채 찬열은 방에 도착하자마자 노트북을 꺼냈다.

"인터넷이 정말 느리네. 한국에서 미리 저장해 오길 잘했어."

혹시나 해서 인터넷을 연결해 봤지만 속도가 느렸다.

외국 생활이 있던 찬열이기에 만에 하나를 대비해서 미리 WBC 영상을 한국에서 저장했었다.

그게 신의 한 수였다.

"역시 인터넷 하나는 우리나라가 세계 최강이네."

찬열은 마우스를 움직여 동영상을 재생했다.

'대만은 WBC와 비슷한 선수들로 경기에 나선다. WBC의 경기가 충분히 참고가 될 거야. 일본은 선수단이 다르지만

어떤 야구를 하는지 알 수 있겠지.'

야구에는 스타일이 있었다.

흔히들 일본은 정교한 야구를 한다고 한다.

투수의 경우 구속보다는 제구력으로 타자를 제압한다.

정면승부보다는 유인구로 타자들의 배트를 이끌어 냈다.

이는 한국과는 전혀 반대였다. 한국의 경우 정면승부를 즐기고 구속에 더욱 신경을 썼다.

타자만 보더라도 한국에는 슬러거 타입이 많지만 일본은 교타자가 많은 편이었다.

'독립리그라고 해서 다르진 않을 거다.'

찬열은 새벽까지 동영상을 보며 각국의 장단점을 머리에 집어넣었다.

* * *

다음 날.

한국 대표팀은 단체 훈련을 진행했다.

11월이지만 도하는 한국의 9월쯤 되는 날씨로 포근한 기온을 유지하고 있었다.

덕분에 선수단이 몸을 풀기에 안성맞춤이었다.

간단한 준비운동이 끝나고 본격적인 훈련이 시작됐다.

투수들은 피칭에 들어갔고 타자들은 프리배팅을 하며 타격감을 끌어올렸다.

김재용은 프리배팅을 하는 타자들을 보며 열심히 명단을 작성하고 있었다.

'투수 쪽은 어느 정도 라인업이 잡혔지만 타자 쪽이 어렵군.'

이번 대표팀에는 올스타라 할 수 있을 정도로 호화 라인업이 군집했다.

그랬기에 라인업을 짜는 것도 어려운 문제였다.

하지만 한 자리는 확실했다.

딱-!

퍽-!

딱-!

경쾌한 소리와 함께 공을 날려 보내는 하원호가 눈에 들어왔다.

김재용은 이번 대회의 메인 포수로 그를 생각하고 있었다.

'전체적인 성적으로는 정찬열이에 비해 떨어지지만 국제대회 경험이 풍부하다.'

김 감독은 신인보다는 베테랑을 우선시하는 기용으로 유명한 감독이다.

신인의 패기보다는 베테랑의 안정감을 선호하기 때문이다.

그때 하원호가 배팅장에서 빠지고 찬열이 들어갔다.

그는 마운드 위의 배팅볼 투수에게 고개를 숙여 인사를 하고는 자세를 잡았다.

'예의는 바르군. 하지만 국제 대회에 처음으로 참가하는 거다. 긴장을 하고 있을 게……'

생각을 하는 사이 찬열이 초구를 그대로 후려쳤다.

따악-!

공이 쪼개질 듯한 소리와 함께 그대로 담장 밖으로 날아갔다.

그게 끝이 아니었다.

따악-!

따악-!

따악-!

칠 때마다 공이 담장 밖으로 사라졌다.

옆에서 연습을 하던 선수들이 하나둘 멈추고 찬열의 타격을 구경했다.

김재용 역시 넋을 놓고 찬열의 타격을 지켜봤다.

'대, 대단해! 당겨 쳐서 넘기는 건 물론이거니와 밀어 쳐서도 자연스럽게 넘기고 있다. 게다가 낮은 코스 높은 코스 모두 정타를 때리고 있어!'

프리배팅이란 말 그대로 치기 좋은 공을 때려 타자의 타격감을 끌어올리는 걸 이야기한다.

타자의 타격은 일종의 이미지이기 때문에 프리배팅에서 좋은 타격을 하면 실전으로 이어지는 경우가 많았다.

연습 타격이라고는 하지만 그렇다고 모든 공을 담장 밖으로 넘길 수 없었다.

올스타전의 홈런더비를 보더라도 리그를 대표하는 슬러거들이 두 자릿수 홈런을 기록하지 못하는 경우가 많았다.

그런데 찬열은 모두 공을 담장 밖으로 넘기고 있었다.

마치 자신을 기용하라는 시위라도 하듯이 말이다.

'이거…….'

김재용의 흔들리는 생각만큼이나 그의 손에 쥐어진 라인업도 세차게 흔들리고 있었다.

* * *

또다시 하루가 지났다.

대표팀은 회의실에 모여 김재용 감독과 코칭스태프를 기다리고 있었다.

얼마간의 시간이 흐르고 김 감독을 필두로 코칭스태프가 들어왔다.

"다들 알겠지만 내일의 상대는 대만이다."

이번 아시안게임에서는 풀리그 다승제라는 방식을 채택했

다. 참가국이 한 번씩 붙어 가장 많은 승리를 거둔 팀이 금메달을 차지하는 방식이다.

즉, 모든 경기의 승패가 메달 색깔을 결정지을 수 있었다.

"지금부터 엔트리를 발표하겠다. 내일 경기 선발은 윤정길."

윤정길은 이번 대표팀에서 경험이 많으면서도 성적이 좋은 투수였다.

정규시즌에서 다승왕은 류성일이었지만 국제 대회 경험이 일천했다. 그랬기에 김재용은 윤정길이라는 베테랑을 택한 것이다.

그 뒤로 언급되는 이름들 역시 예상이 가능한 라인업이었다. 하지만.

"4번 타자 겸 포수, 정찬열."

순간 선수단이 수군거렸다.

찬열조차 놀란 눈으로 김재용을 바라봤다.

순간 그와 눈이 마주쳤지만 김재용은 이내 고개를 돌리고 라인업을 계속 호명했다.

'아시안게임도 변하고 있다.'

자신이 참석하지 않았던 도하 참사.

하지만 이제 그 참사는 사라졌다.

'반드시 금메달을 손에 넣고 말겠어.'

찬열은 다시 한 번 의지를 다졌다.

* * *

결전의 날.

대표팀은 아침 일찍 일어나 버스에 올랐다.

숙소에서 야구장까지는 무려 20㎞나 떨어져 있었다.

김재용 감독과 코칭스태프는 선수들의 컨디션을 걱정해야
했다.

경기장에 도착한 선수단은 가볍게 몸을 풀었다.

'오전 경기는 처음이네.'

몸을 푸는 찬열은 하늘을 올려다봤다. 현지 시각으로 아직
8시도 채 되지 않았기에 주변이 그리 밝지는 않았다.

날씨 역시 꽤 쌀쌀하게 느껴졌다.

'낮에는 그렇게 포근했었는데…….'

일교차가 꽤나 심했기에 찬열은 넥워머를 착용하고 그라
운드를 돌았다.

'오늘 경기가 가장 중요하다. 어제 일본이 이겼으니 오늘
경기에서 이기는 팀이 일본과 선두 다툼을 할 수 있게 돼.'

필리핀을 상대로 일본은 1승을 먼저 챙겼다.

이번 대회에서 3강은 이미 정해져 있었다.

일본과 대만 그리고 한국이었다.

그다음으로 중국이 그나마 가능성이 있었고 필리핀과 태

국은 야구 쪽으로는 아직 부족한 면이 있었다.

즉, 첫 경기를 잘 치러야 된다는 소리였다.

'후우…… 조금씩 긴장이 된다.'

경기 시간이 가까워질수록 심장박동이 빨라지는 게 느껴졌다.

약간의 긴장감을 가슴에 품은 채 찬열은 과하지 않게 몸을 풀었다.

* * *

[드디어 결전의 때가 왔습니다. 안녕하십니까? 저는 캐스터 성민호, 옆에는 해설위원을 맡아주신 허민구 위원님 나오셨습니다. 안녕하세요?]

[예, 반갑습니다.]

[대만과의 일전에서 선발투수인 윤정길 선수가 마운드에서 몸을 풀고 있습니다. 일각에서는 류성일 선수가 선발로 나오는 게 아니냐? 라는 이야기가 있었는데요. 김재용 감독의 선택은 베테랑 윤정길 선수였습니다. 어떻게 보십니까?]

[좋은 선택이에요. 아무래도 국제 대회 경험이 없는 류성일 선수보다는 경험이 풍부한 윤정길 선수가 낫지 않냐? 그렇게 봅니다.]

[그럼 오늘 호흡을 맞출 선수인 정찬열 선수에 대해서는 어떻게

생각하십니까? 말씀하신 대로라면 WBC 4강의 주역인 자이언츠의 하원호 선수가 마스크를 쓰는 게 더 좋지 않았을까요?]

[사실 정찬열이가 포수로 나오는 건 다소 의외입니다. 윤정길과의 호흡이 좋았기에 나올 수도 있겠다고 생각을 하긴 했습니다만……]

[정규시즌에 두 배터리가 노히트노런을 기록했었죠?]

[예, 그렇긴 합니다만 국제 대회라는 큰 무대에서 태극 마크라는 큰 중압감을 이겨내고 좋은 모습을 보여줄지 사실 좀 걱정이 됩니다.]

[그렇군요. 아, 경기가 시작되려나 봅니다. 심판의 콜과 함께 경기, 시작됩니다!]

윤정길과 정찬열.

두 사람의 호흡은 완벽 그 자체였다.

찬열이 사인을 내면 윤정길을 바로 공을 뿌렸다. 투구 템포가 빠를 수밖에 없었다.

덕분에 타자들은 생각을 정리할 틈도 없이 윤정길을 상대해야 했다. 그런 상황에서 윤정길의 다양한 변화구를 상대하는 건 무리였다.

딱-!

[평범한 땅볼! 2루수 박준석 잡아서 1루에 송구! 아웃! 세 번째 아웃 카운트를 가볍게 올리는 윤정길 선수, 이걸로 4회 연속 무실점 경기를 이어갑니다.]

4이닝 무실점 1피안타 0사사구 7K.

완벽에 가까운 피칭을 보여준 윤정길을 동료들이 맞이해 주었다.

"나이스 피칭!"

"이야~ 형님, 공 죽입니다!"

하이파이브를 하는 그들의 얼굴에는 놀란 빛이 역력했다.

'저 형님 공이 좋긴 했지만 대만 애들을 완전히 가지고 놀고 있어.'

'마치 약점을 알고 있다는 듯 구석구석 찔러.'

삼진을 잡기 위해서는 단순히 구위만 좋아서는 안 된다.

상대의 약점을 알고 그곳을 파고들 제구력을 지녀야 한다.

윤정길의 공은 빠르다.

제구력도 가지고 있다.

하지만 대만 대표팀의 약점을 파악하고 있다?

그건 말이 되지 않았다.

윤정길이 대표팀에 참가하는 건 프로 데뷔 이후 2번째다.

첫 번째는 20대 초반의 일이다. 대만 선수들을 파악하고 있을 수 없었다.

'그렇다면……'

그들의 시선이 벤치로 향했다.

거기에는 아직 앳된 얼굴의 찬열이 장비를 벗고 있었다.

'설마······.'

찬열이 리그 최고의 타자라는데 의심의 여지는 없었다.

3할, 40홈런, 100타점을 거둔 선수다.

의심하는 게 우스운 일이다.

단지 찬열이 첫 번째 태극마크를 걸고 뛰는 경기이기 때문에 바로 납득할 수 없었을 뿐이다.

그때 그들의 머릿속에 삼 일 전의 일이 떠올랐다.


"예, WBC에 참가했던 다른 국가 선수들에 대한 데이터를 좀 찾아보려고요."


당시에는 그냥 한 말로 생각했다.

몇몇은 그저 첫 대표팀에 뽑힌 젊은 선수의 과다 의욕으로 치부했다.

하지만 오늘 경기를 보면서 그게 아님을 알 수 있었다.

'도대체 얼마나 연구를 했으면 저렇게까지 공략할 수 있는 거지?'

현대 야구에 접어들면서 전력 분석이 차지하는 비중은 매우 커졌다.

장점, 약점, 버릇, 좋아하는 코스, 싫어하는 코스는 기본이었다.

상대가 때리는 공의 모든 것을 파악해서 데이터를 만든다.

그 데이터를 기반으로 또다시 분석이 이어진다.

그렇게 만들어진 방대한 데이터를 가지고 코칭스태프와 감독들이 작전을 짠다.

하지만 국제 대회에서는 이 전력분석의 비중이 줄어들 수밖에 없다. 다른 국가의 선수들이기에 정보를 얻을 방법이 요원했다.

게다가 이번 대회는 풀리그 다승제를 채택했는데 대회 기간은 고작 8일에 불과했다.

그 시간 동안 6개 국가의 팀들의 전력을 분석한다?

불가능한 일이었다.

그런데 찬열은 그것을 해냈다.

전력분석원들이 알려준 정보보다 더 많은 데이터를 가지고 투수를 리드하고 있었다.

'고작 1년 차 녀석이…….'

선수들은 제각각 느끼는 게 달랐다.

부끄러움, 민망함, 존경심, 경이로움까지 느끼는 선수가 있었다.

그리고 또 하나, 공통적으로 깨달은 게 있었다.

'후배가 저렇게 열심히 하는데 선배인 우리가 이렇게 있을 순 없어.'

대표팀에서 찬열은 류성일과 함께 막내다. 그런 찬열의 노력을 알게 된 선수들의 마음가짐이 바뀌었다.

[주자 1, 2루 상황. 다음 타자는 KBO를 대표하는 또 한 명의 괴물, 정찬열 선수가 들어섭니다. 첫 타석에는 볼넷으로 출루를 했었는데요.]

[첫 번째 국제 대회지만 매우 침착합니다. 투수의 공을 잘 보고 나쁜 공에는 배트가 나가지 않고 있습니다.]

[정말 대단한 강심장이네요.]

[저러니 한국 시리즈에서도 그런 활약을 했던 것이겠죠.]

[그렇습니다. 순식간에 볼카운트는 2볼이 됩니다. 아무래도 한국의 4번 타자이니 대만 대표팀도 조심스러워 하는 거 같습니다.]

[이번 대회 한국 대표팀은 쟁쟁한 선수들이 포진해 있습니다. 그런 선수들을 제치고 4번 타자가 됐으니 경계를 할 수밖에 없죠.]

[3구 던집니다!]

더 이상 피할 곳은 없었다.

1사 1, 2루의 상황에서 볼넷을 선택할 수 없었다.

그래서 대만의 선발투수 궈홍즈는 정면승부를 택했다.

'어차피 1년 차 애송이다!'

찬열이 프로 데뷔 1년 차라는 건 이미 알려진 사실이다.

첫 번째 타석에서야 선두타자였기에 승부를 어렵게 가져갔었다.

하지만 지금은 아니다.

어떻게든 아웃 카운트를 올려야 될 때였다.

'내 포심은 일본을 평정한 공이야!'

궈홍즈는 일본의 명문구단인 한신 타이거즈에서 뛰고 있었다.

아시아 야구 최강국인 일본, 그것도 한신에서 뛴다는 건 그에게 커다란 자부심이었다.

특히 그의 주 무기인 포심은 일본 타자들도 어려워하는 공이었다.

그러나 과도한 자신감은 그의 손끝을 무디게 만들었다.

또한 힘이 너무 많이 들어가게 만들었다.

과도한 힘으로 인해 공이 가서는 안 되는 방향으로 날아갔다. 몸 쪽 높은 코스.

'안 돼!'

사색이 되어가는 궈홍즈가 달리 찬열의 배트는 매섭게 돌아갔다.

딱ㅡ!

[쳤습니다! 큽니다! 넘어가느냐?! 넘어가느냐?! 넘어갑니다!!! 정찬열 선수 선제 쓰리런으로 기선제압에 성공합니다!]

궈홍즈의 고개가 떨어졌다.

퍽-!

"스트라이크! 아웃!"

[또다시 삼진! 이로써 윤정길 선수 오늘 경기에서 13탈삼진을 기록합니다!]

[주 무기인 싱커의 제구가 기가 막힙니다. 홈 플레이트 부근에서 뚝 떨어지는데 마구가 따로 없네요!]

해설위원의 말은 오버가 아니었다.

오늘 윤정길의 싱커는 마구 그 자체였다.

마치 케빈 브라운의 싱커를 연상케 할 정도로 빠르면서도 변화가 컸다.

'내가 받아본 공 중 최고의 공이야.'

찬열은 지금까지 모습 중에서 최고의 모습을 보여주는 윤정길을 보며 감탄을 금치 못했다.

그리고 또 한 사람.

류성일도 불펜에서 넋을 놓고 윤정길의 투구를 바라봤다.

'짱이다. 싱커가 저렇게 매력적인 공이었어?'

원체 욕심이 많은 류성일의 마음속에서 또 다른 욕망이 슬금슬금 피어오르기 시작했다.

딱-!

[쳤습니다. 하지만 3루수 앞 평범한 땅볼입니다. 3루수 박대수 잡아 그대로 1루에 송구, 쓰리아웃 됩니다.]

* * *

[카타르 도하에서 열린 아시안게임 야구대표팀 소식입니다. 대표팀의 선발투수 윤정길 선수는 6이닝 무실점 1피안타 13탈삼진을 기록하며 최고의 활약을 펼쳤습니다. 타격에서는 같은 팀의 정찬열 선수가 3점 홈런을 포함 3타수 3안타 3타점 1볼넷을 기록했습니다. 두 사람의 활약에 한국 대표팀은 대만을 6 대 0으로 누르고 1승을 먼저 획득. 금메달로 가는 첫 발을 내디뎠습니다.]

* * *

대만과의 승리.

국내에서는 당연하단 분위기가 형성됐다.

'만약 졌으면 장난 아니었겠지.'

이번 대회의 특성상 한 번이라도 지면 금메달 획득이 어려워질 수도 있다.

실제로 대만에게 졌을 때의 국내 여론은 최악이었다.

'그리고 일본에게 연이어 졌을 때는……..'

마치 폭동이라도 일어날 것 분위기였었다.

하지만 지금은 달라졌다.

대만을 이겼고 이제 내일 일본과의 경기만 이긴다면 한국은 금메달을 차지할 수 있다.

그때 회의실의 문이 열리고 김재용과 코칭스태프가 들어 왔다.

"지금부터 내일 있을 일본과의 경기에 대비한 브리핑을 시 작하겠다."

"예!"

선수들이 일제히 힘 있는 음성으로 대답했다.

첫날 회의와는 전혀 다른 분위기에 김재용의 얼굴에 의아 함이 나타났다.

하지만 나쁜 일이 아니기에 작은 미소를 지으며 회의를 진 행했다.

'뭔가 분위기가 바뀐 거 같은데?'

회의가 진행되면서 찬열은 선수단의 분위기가 바뀐 걸 느 꼈다.

처음 카타르에 왔을 때 선수들은 들뜬 분위기였다. 마치 관광을 온 것 사람들 같았다.

그런데 지금은 기합이 들어가 있었고 회의에도 적극적으 로 참여했다.

'갑자기 분위기가 변한 게 이상하긴 하지만 그래도 나쁜 건 아니니까!'

야구는 흐름과 분위기의 게임이다.

대만을 이기면서 흐름은 한국 대표팀에 찾아왔다. 또한 선수단의 분위기가 적극적으로 바뀌어 회의에 참여하고 있었다.

좋았으면 좋았지 나쁠 이유는 전혀 없었다.

사실 찬열은 몰랐지만 이런 분위기를 만든 건 그의 성실함이었다.

1년 차 신인이 열심히 하는 모습에 자극을 받은 몇몇 선수가 적극적으로 훈련과 데이터 분석을 했다.

그 모습을 본 다른 선수들도 그들을 따라했고 순식간에 감기가 퍼지듯 선수단 전체로 분위기가 옮겨갔다.

최종적으로는 마치 한국 시리즈를 앞둔 선수들처럼 매우 집중력 있게 회의에 참가하게 된 것이다.

본인도 모를 정도의 작은 시발점.

하지만 그 결과는 매우 컸다.

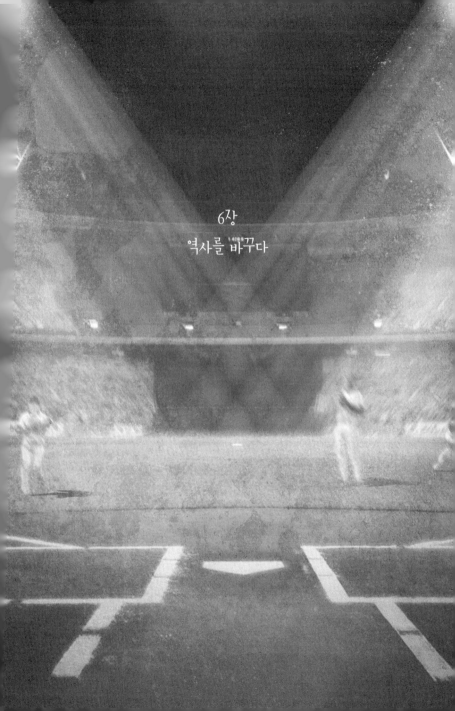

6장

역사를 바꾸다

딱–!

타자의 배트가 매섭게 돌아갔다.

강한 타구가 좌익선상을 향해 날아갔다.

"제길!"

마스크를 벗은 찬열의 시선이 순식간에 내야를 훑고 지나

갔다.

그의 눈에 2루를 지나는 주자가 보였다.

'홈 승부!'

히트 앤드 런 작전이었다.

스타트가 워낙 빨랐다.

게다가 주자는 외야를 보지도 않았다.

단순히 3루에 가는 게 문제가 아니었다.

홈으로 파고들 목적이 눈에 선했다.

"어?!"

그때 빠르게 좌익선상으로 달려가던 좌익수 김영진이 몸을 날렸다.

'설마!'

너무 멀어 정확히 보이진 않았다.

하지만 타구의 스피드나 날아가는 위치를 봤을 때 잡는 건 요원해 보였다.

촤아아아악-!

몸을 날린 김영진이 인조 잔디 위에 미끄러졌다.

슬라이딩은 완벽하게 됐다.

문제는 공을 잡았느냐는 것이다.

그때 김영진이 벌떡 일어나며 글러브를 높게 치켜들었다.

"와아아아!"

"최고다!"

3루심이 아웃을 선언했다.

[슈, 슈퍼세이브가 나왔습니다! 눈으로 보고도 믿기지 않는 정말 대단한 플레이가 펼쳐졌습니다!]

[와~ 정말 멋집니다. 중계를 10년 동안 하고 있지만 이렇게 멋진 다이빙 캐치는 처음 보는 거 같습니다. 일본의 히트 앤드 런 작전이

나왔기에 만약 놓쳤다면 점수를 내주고 타자주자는 2루까지 갔을 겁니다. 그런데 김영진 선수가 멋진 플레이로 마지막 아웃 카운트를 잡아내는군요.]

"나이스! 나이스!"

"잘했어!"

더그아웃으로 들어오는 김영진이 동료들과 하이파이브를 했다.

"선배님! 정말 멋졌습니다!"

찬열도 허슬플레이를 펼친 김영진을 웃으며 맞이했다.

김영진도 그런 찬열을 향해 미소를 지으며 가볍게 글러브를 부딪쳤다.

"땡큐."

[한국과 일본의 피할 수 없는 숙명의 대결도 어느새 후반으로 치닫고 있습니다. 현재 스코어는 1 대 0으로 한국 대표팀이 앞서는 상황, 하지만 일본 대표팀도 만만치 않습니다. 당초 일본 대표팀은 프로올스타가 아닌 사회인 야구로 구성된 팀이라서 약체로 평가받았는데요. 막상 뚜껑을 열어보니 무척이나 실력이 좋습니다.]

[일단 일본 대표팀은 독립리그 선수들로 구성이 되어 있습니다.]

[독립리그요?]

[예, 사정이 있어 프로에 들어가지 못한 선수들이 모여 야구를 하는 곳입니다. 월급도 나오고 따로 직업도 가질 수 있기에 생업을 유

지하기에 좋죠.]

[아~ 그럼 프로급 선수들도 있겠군요?]

[맞습니다. 현재 일본프로 리그에서 뛰고 있는 선수들 중에는 독립리그 출신 선수들도 꽤 있으니까요. 그러다 보니 이번 일본 대표팀의 실력도 결코 나쁘다고 할 수 없습니다.]

[그렇군요.]

[그렇다 하더라도 우리 대표팀이 고전을 하는 건 다소 의외기는⋯⋯.]

딱―!

[선두타자 김영진 선수의 벼락같은 스윙! 멀리 날아가는 공! 그대로 담장 넘어갑니다!!! 좋은 수비 뒤에 바로 좋은 타격으로 점수를 내는 김영진 선수! 천금 같은 홈런을 만들어냅니다!]

좋은 수비 뒤에 좋은 타격이란 말이 있다.

김영진은 그 말을 그대로 보여주며 달아나는 점수를 만들어냈다.

하지만 딱 거기까지였다.

일본 대표팀은 바로 투수를 교체, 마운드를 안정화시켰다.

그리고 경기는 다시 투수전 양상으로 이어지며 2 대 0의 상황에서 9회 말이 되었다.

[남은 아웃 카운트는 단 3개! 경기를 끝내기 위해 정규시즌 47세이브를 기록한 오성훈 선수가 마운드에 올라옵니다!]

모자를 눌러쓰는 오성훈이 무표정으로 변했다.

특유의 포커페이스가 발동한 것이다.

[국제 대회에서도 특유의 무표정이 믿음직스럽습니다!]

오성훈은 강심장으로 유명하다.

어떤 상황에서도 흔들리지 않는 포커페이스.

실제로 오성훈은 국내를 평정하고 일본에 진출했을 때도 저 포커페이스를 무너뜨리지 않았다.

펑-!

펑-!

연습 투구가 이어졌다. 오성훈의 공은 분명 강력했다. 미트에 박힐 때마다 손목이 저릴 지경이었다.

하지만 완벽하진 않았다.

'공이 전체적으로 높다. 특히 슬라이더가 제대로 휘어지지 않고 있어.'

공을 직접 받는 찬열은 알 수 있었다. 오성훈의 컨디션은······.

'백퍼센트가 아니다.'

그는 굳어진 얼굴로 과거의 일을 떠올렸다.

'이번 대회에서 역전 쓰리런을 맞는다. 그리고 그 구종은 슬라이더였어.'

워낙 충격적인 일이었기에 뇌리에 박혀 있었다.

이후 오성훈은 약간의 슬럼프를 겪고 국내 최고의 마무리 투수로 군림했다.

하지만 그때의 블론세이브는 언제나 그의 뒤를 따라다녔다.

'슬라이더는 버린다.'

찬열은 과감하게 선택했다. 오늘 오성훈의 슬라이더는 엉망이다. 그런 공을 굳이 던지게 할 필요는 없었다.

문제는 오성훈이 던질 수 있는 공이 3개에 불과하다는 것이다. 슬라이더를 버린다면 포심과 투심 두 가지만으로 타자를 상대해야 했다.

'가능해.'

찬열은 오성훈의 직구에 대해 믿음을 가졌다. 포수가 흔들리면 투수도 그것을 알게 된다. 그랬기에 찬열은 경기가 시작되기 전 마음을 다잡고 캐처 박스에 앉았다.

뒤이어 타자가 들어오고 심판의 콜이 떨어졌다.

찬열은 손가락을 빠르게 움직여 사인을 냈다.

'포심, 가운데.'

가운데라는 사인에 오성훈의 눈썹이 꿈틀거렸다. 표정 변화가 없는 그이기에 아주 큰 변화였다.

그걸 캐치한 찬열이 다시 한 번 사인을 해주었다.

'가운데.'

똑같은 사인이 나오자 오성훈이 고개를 끄덕였다. 쉽게 납

득은 되지 않았지만 그래도 거부는 하지 않았다.

포심 패스트볼은 그의 트레이드마크였다.

오성훈 스스로도 포심에 대해서 엄청난 자부심을 가지고 있었다.

그랬기에 다른 구종이 아닌 포심을 선택해 준 찬열의 리드를 그대로 따랐다.

"후우-!"

깊게 숨을 내쉬며 마음의 안정을 찾았다.

포커페이스를 유지하고는 있지만 긴장이 안 되지는 않았다. 손끝의 감각도 조금 무뎠다. 한국 시리즈가 끝난 지 한 달이 지났다. 원래라면 휴식을 취하면서 스프링캠프를 준비해야 될 때였다. 그런 시기에 던지는 공이다.

정상적인 게 오히려 이상한 일이었다.

'밸런스를 최대한 유지하자.'

불펜에서 던질 때도 공이 완벽하지 않다는 걸 알았다.

그렇기에 밸런스에 초점을 맞췄다.

[오성훈 선수, 초구 던집니다.]

"흡!"

기합 소리와 함께 있는 힘껏 공을 뿌렸다.

쐐애애액-!

묵직함이 느껴지는 공이 매섭게 날아들었다.

펑-!

"스트라이크!!"

[초구! 대범하게 스트라이크존 한가운데를 통과하는 속구! 하지만 일본 대표팀의 선두타자 아키나가 스바루 선수가 배트를 내밀지도 못하게 하는 묵직한 공이었습니다!]

'뭔가 이상하다.'

캐처 박스에 앉아 있는 찬열의 눈이 스바루의 모습을 살폈다.

'분명 좋은 공을 놓쳤는데, 그럼에도 아쉬워하는 모습이 전혀 없어.'

한가운데의 속구였다. 어떤 타자라도 노려야 될 코스였다. 만약 놓친다면 아쉬울 수밖에 없는 코스기도 했다.

그런데 스바루는 그러지 않았다. 마치 처음부터 칠 생각이 없다는 듯 말이다.

'이상해…….'

하지만 이상한 점은 거기서 끝이 아니었다.

펑-!

"볼!"

펑-!

"스트라이크!"

[순식간에 볼카운트는 1볼 2스트라이크! 하지만 스바루 선수는

한 번도 배트를 내밀지 않았습니다!]

이상하다는 생각은 곧 확신으로 변했다.

'정보를 주기 위해 공을 치지 않고 있다.'

야구에 대한 상식을 깨는 행동이었다.

원래 선두타자는 바뀐 투수가 공을 많이 던지게 하는 것이 임무 중 하나였다. 그렇게 던진 공은 뒤의 타자들이 보고 눈에 익히고 타이밍을 잡아 공략할 정보를 주기 때문이다.

'하지만 지금은 9회다. 그런데도 공을 보기 위해 배트를 내밀지 않는다고?'

대단한 참을성이었다. 아니, 어찌 보면 저들에게는 당연한 걸 수도 있다.

'야구 문화가 다르다는 이야기를 듣긴 했지만……'

마이너리그 시절.

일본인 선수들도 만날 수 있었다.

언어의 차이가 있어 친하게 지내지는 못했지만 몇 마디 대화는 했었다.

그 대화 속에서 알 수 있었던 건 바로 야구 문화의 차이다.

'일본은 백퍼센트 팀플레이가 우선시 되는 야구를 한다. 어린 시절부터 그렇게 교육을 받았기에 미국 야구의 자유로운 분위기를 어색해했어.'

미국 야구는 전체적으로 분위기가 자유롭다.

또한 마이너리그는 팀의 성적보다는 개인의 성적을 우선 시한다.

하지만 대다수의 일본 선수들은 그 분위기에 적응하지 못했다.

그 모습을 이해할 수 없었다.

하지만 방금 전 스바루의 모습을 보고 비로소 이해할 수 있었다.

'이놈들에게 야구란 철저한 팀 스포츠다. 팀을 위해서라면 개인의 성적도 버릴 수 있는 놈들이야. 아니, 버려야 되는 건가?'

뭐든 상관없다. 중요한 건 일본 대표팀의 성향을 알게 된 것이다.

'언제까지 참을 수 있나 보자.'

상대의 목적을 알았다. 그럼 그 목적에 반대되는 리드를 하면 된다.

'공을 지켜볼 수 없게 해주지.'

찬열의 손가락이 빠르게 움직였다. 사인을 확인한 오성훈이 고개를 끄덕였다.

그리고 있는 힘껏 공을 뿌렸다.

"차앗!"

기합 소리와 함께 손에서 공이 떠났다.

매섭게 스트라이크존으로 날아오는 공을 본 스바루의 배

트가 돌아갔다.

그 순간.

공의 궤적이 어긋나더니 그대로 밑으로 뚝 떨어졌다.

후웅—!

"큭!"

급하게 자세를 무너뜨리며 스윙의 궤적을 바꿨다. 어떻게든 공을 맞추기 위함이었다. 하지만 그것보다 공의 변화와 속도가 더욱 빨랐다.

결국 배트는 허공을 갈랐다.

퍽—!

원바운드가 된 공을 받은 찬열이 스바루의 엉덩이를 태그했다.

"아웃!"

심판의 콜에 절로 미소가 그려졌다.

'역시 스트라이크존 비슷한 코스에 들어오는 공은 무조건 칠 생각이었어.'

목적에 충실한 스바루. 하지만 너무나 집착을 하고 있었다. 게다가 국제 대회라는 압박감은 자신들만 느끼고 있는 게 아니었다.

'녀석들도 압박을 느끼고 있다.'

한국 팀은 프로 올스타다. 반면에 일본은 프로가 아닌 선수들로 구성되어 있다. 아무리 일본이 한 수 위의 전력이라지만 당연히 긴장감은 저쪽이 더 컸다.

'끝내자.'

찬열이 공을 잡아 오성훈에게 던졌다.

[원아웃을 잡아낸 포커페이스 오성훈! 두 번째 타자를 상대합니다!]

펑—!

"스트라이크!"

[초구는 145km의 속구!]

[코스가 좋아요. 낮게 깔리고 있습니다. 첫 타자를 상대할 때는 공이 높았는데 아웃 카운트를 잡으면서 긴장이 풀린 것 같습니다.]

후웅—!

펑—!

"스트라이크! 투!"

[140km의 투심 패스트볼에 타자의 배트가 헛돕니다!]

[아~ 정말 좋은 공이네요. 마치 뱀이 기어가듯 홈 플레이트 위에서 몸 쪽으로 휘어 들어갔어요.]

뻐엉—!

"스트라이크! 아웃!"

[147km의 바깥쪽 낮은 코스를 찌르는 속구! 삼진입니다!]

[타자의 입장에서는 멀어 보이는 코스입니다. 배트를 돌렸지만 타이밍이 늦었어요.]

[남은 아웃 카운트는 단 하나!]

찬열의 리드는 거침이 없었다.

이미 흐름은 자신들에게 있었다. 이럴 때는 괜히 복잡한 승부를 할 필요가 없었다.

'포심 패스트볼.'

사인을 내고 양손을 좌우로 뻗었다. 원하는 코스에 던지라는 제스처였다.

'하! 엄청난 자신감인데?'

오성훈의 얼굴에 어처구니없다는 표정이 지어졌다.

코스를 지정하지 않는 경우는 간혹 있었다. 하지만 그런 경우는 배터리가 호흡을 아주 길게 맞췄을 때의 이야기다.

'고작 두 번 호흡을 맞춰본 녀석이.'

자신의 포심 패스트볼은 라이온스의 고참인 진은성조차도 몇 번 놓쳤던 공이다.

그런데 그걸 아무 코스에나 던지라고?

'어차피 주자도 없는데.'

일순간 승부욕이 일었다. 우스운 일이었다.

함께 타자를 상대해야 될 투수가 포수에게 승부욕을 느끼다니.

하지만 두 사람의 관계가 그러했다.

같은 리그에서 서로를 상대해야 했다.

게다가 한국 시리즈에서 홈런을 맞았던 기억이 아직 잊히지 않았다.

거기까지 생각하자 오성훈의 손끝에 힘이 들어갔다.

'어디 한번…….'

와인드업을 한 오성훈의 튼실한 허벅지의 근육이 꿈틀거렸다.

발을 내딛는 순간 폭발적인 힘이 그의 손끝으로 전해졌다.

'받아봐!'

손끝의 감각이 좋다.

제대로 긁혔다.

오늘 던진 공 중에서 최고라는 게 느껴졌다.

예상대로 이전의 공들보다 매섭게 회전을 하며 날아가는 공이 보였다.

찬열은 날아오는 공의 궤적을 확인하고 미트를 움직였다.

'하이 패스트볼!'

뺑-!

후웅-!

공이 미트에 박힌 뒤에야 타자의 배트가 돌았다.

[초구 포심 패스트볼! 구속이 150㎞가 찍혔습니다!]

[이번 경기 가장 빠른 공이네요. 시즌이 끝난 지 꽤 돼서 150㎞는 무리라고 생각했는데, 오성훈 선수, 정말 대단합니다.]

하지만 놀란 일은 거기서 끝이 아니었다.

뻥-!

[151km!]

뻥-!

[152km!]

[계속 구속이 늘어나고 있습니다. 그리고 그 공을 정찬열 선수는 무척이나 잘 잡아주고 있네요.]

[볼카운트는 순식간에 1볼 2스트라이크가 됐습니다.]

유리한 볼카운트.

느린 스윙.

하지만 이미 그런 것은 오성훈의 눈에 들어오지 않았다.

'마치 알고 있었다는 듯 내 공을 잡는다.'

3구 모두 코스를 정하지 않고 던졌다.

그런데도 찬열은 무척이나 쉽게 공을 잡았다.

'이게 고등학교를 갓 졸업한 녀석이라고?'

오성훈은 자신의 고등학교 때를 떠올렸다.

그때도 강한 공을 뿌렸지만 찬열처럼 여유롭지는 못했다.

지금의 포커페이스는 부상과 대학야구를 접한 뒤에 얻을 수 있었던 것이다.

'대단한 새끼.'

진심으로 그렇게 생각했다.

그리고 저런 찬열이 자신의 공을 받아준다는 게 믿음직스러웠다.

이번에도 찬열의 사인은 같았다.

포심 패스트볼, 코스는 자유롭게.

고개를 끄덕인 오성훈이 와인드업을 했다.

"차앗!"

이번에는 승부가 아닌 믿음을 담아 공을 뿌렸다.

세차게 날아가는 공이 타자의 무릎 높이로 날아갔다.

볼카운트가 몰린 타자의 배트가 돌아갔다.

후웅-!

뻥-!

결과는 헛스윙.

그리고 공은 미트에 빨려 들어갔다.

"아웃!"

[삼진입니다! 한국 대표팀, 일본을 누르고 2승을 거둡니다!]

두 번의 도하 참사는 없었다.

\* \* \*

한국 대표팀은 파죽지세였다.

난적이라 평가받던 대만과 일본을 차례로 눌렀으니 거리

낌이 없었다.

차례로 필리핀, 태국 그리고 중국에 대승을 거두었다.

5승을 거둔 한국 대표팀은 금메달을 목에 걸고 금의환향을 할 수 있었다.

그리고 또 하나.

[도하 아시안게임에서 금메달을 획득한 한국 대표팀은 병역 혜택을 받게 되었습니다.]

병역 혜택이라는 또 하나의 큰 선물을 받을 수 있었다.

물론 찬열도 여기에 포함됐다.

\* \* \*

인천공항으로 귀국하자 수많은 언론사의 기자들과 카메라가 대표팀을 반겼다.

간단한 인터뷰를 뒤로하고 대표팀은 바로 해산했다.

마중 나온 아버지의 차를 탄 찬열은 편안하게 집으로 향했다.

"고생이 많았다. 정말 자랑스럽구나! 내 아들이 금메달리스트라니……."

운전을 하는 아버지의 목소리가 촉촉했다.

"엄마가 집에서 맛있는 거 많이 하면서 기다리고 있다. 카타르에 있으면서 한국 음식 그리웠지?"

대표팀에는 전문 요리사가 따라왔었다. 그래서 매 식사마다 한식을 먹을 수 있었다. 오히려 특식을 먹고 싶어서 호텔 내부에 입점해 있는 식당에서 외국 음식을 먹을 정도였다.

하지만 지금 타이밍에 그런 말을 할 수 없었다.

"네, 특히 어머니 음식이 그리웠어요."

"그래, 그래. 그리고 고모랑 작은 아버지도 와 계신다."

"그래요?"

확실히 일이 잘 풀리니 친척들도 자주 모이는 것 같았다.

아버지는 조금 더 속도를 내며 집으로 향했다.


집에 도착하자 어머니와 친척들이 맞이해 주었다.

"고생했다!"

작은아버지는 아버지처럼 대견스런 표정을 지으며 그를 맞이했다.

"어머, 어머! 우리 사랑하는 찬열이가 이제 금메달리스트라니!"

고모는 특유의 하이톤 목소리로 찬열을 맞이했다.

그 뒤로 친척 동생들이 다가왔다.

"오빠! 나 사인 좀 해주라! 내 친구가 오빠 완전 팬이거든!"

작은 아버지네 맏딸인 정희영이 눈을 반짝였다. 예전에 몇 번 만났을 때와는 전혀 달라진 반응이다.

"형! 아시안게임 중계로 봤어! 완전 최고!"

둘째 아들인 정희태도 엄지를 번쩍 들어 올렸다.

"형, 축하해요."

"응?"

마지막으로 고모네 외동아들인 정현성이 웃으며 인사를 건넸다.

그런데 이상했다.

'왜 저렇게 힘이 없지?'

예전에는 기운이 넘치던 현성이었다.

'배가 고파서 그런가?'

꽤 늦은 시간이다.

자신을 기다리느라 저녁을 못 먹었을 것이다. 그 증거로 거실에 차려져 있는 상 위에는 진수성찬이 김을 풀풀 내뿜고 있었다.

"자자, 일단 식사부터 하지."

뒤에 따라오던 아버지의 말에 모두 거실에 앉았다. 아버지는 시작부터 맥주잔을 들었다.

"자, 우리 아들! 정찬열의 금메달 획득을 축하하면서! 건배!"

"건배!"

후창과 함께 술자리가 시작됐다. 찬열은 음료수로 맥주를 대신했지만 말이다.

'맥주 한 잔 정도야 괜찮지만 올해는 자제하자.'

"찬열아! 술 안 마시는 거냐?"

"올 시즌은 아시안게임 덕분에 휴식기가 짧아서 바로 훈련에 들어가야 돼요. 그래서 술은 자제하려고요."

"아! 그렇구나!"

작은 아버지가 고개를 끄덕였다.

맥주 한 잔 정도야 괜찮지 않을까 생각했지만 무려 금메달리스트인 조카가 하는 말이다.

괜한 의심은 머릿속에서 싹 지웠다. 즐거운 분위기에서 식사는 끝났다. 곧바로 어른들의 술자리가 이어졌다. 원래라면 찬열도 끼어야 될 자리다.

하지만 짐을 정리한다는 핑계로 자리를 피했다.

아직 집에는 찬열의 방이 그대로 남아 있었다. 독립하기 전 사용하던 물건들이 그대로였다. 어머니가 매일같이 청소를 하시는 듯 먼지 한 톨 찾아보기 힘들었다.

"참 부지런하시다니까."

그 정성이 느껴져서인지 코끝이 찡했다.

막 짐을 내려놓으려는 찰나.

"오빠! 사인해 줘!"

친척 동생들이 우르르 들어왔다.

선두에는 희영이 어디서 가져왔는지 A4용지를 한 움큼이나 들고 있었다.

"형! 아시안게임은 어땠어? 막 긴장되고 그래?"

희태도 뭐가 그리 궁금한 게 많은지 질문 세례를 퍼부었다.

하지만 현성은 한쪽에 서서 야구공을 만지작거리고 있었다.

'역시 이상해.'

식사시간에 밥도 잘 먹지 않던 현성이다.

그랬기에 계속 신경이 쓰였다.

"오빠! 빨리!"

희영의 재촉에 찬열은 종이에 사인을 하기 시작했다.

신경이 쓰였지만 일단 이 수다쟁이들부터 처리해야 할 것
같았다.


\* \* \*


한바탕의 소동이 지나갔다.

마치 무사 만루의 위기를 겪은 것처럼 정신적으로 피곤했다.

조금 여유를 찾자 다시 신경이 쓰였다.

'왜 그렇게 기운이 없지?'

또 하나.

현성이 방에 있으면서 얻은 정보가 있었다.

'야구공이랑 글러브를 빤히 쳐다봤었지?'

두 개를 바라보는 현성의 눈은 이제 초등학교 고학년이 되는 소년의 것이 아니었다.

정확히 알긴 어렵지만 복잡한 감정이 담겨 있었다.

'내가 저 나이 때는 야구 하는 게 무척이나 즐거웠었는데.'

찬열도 초등학생 시절 야구를 접했다.

흔한 스토리다.

또래보다 덩치가 컸던 그를 야구부 코치가 데리고 가서 야구를 시킨 것이다. 좋은 하드웨어를 가진 덕분에 다른 아이들보다 공도 빨랐고 타격도 좋았다.

무엇보다 야구 아이큐가 매우 높았다. 가르치는 족족 흡수하니 지도자들도 즐겁게 그를 가르쳤다.

그래서 스트레스가 없었다. 그랬기에 지금 현성의 감정을 선뜻 이해할 수 없었다.

그때 머리가 번뜩였다.

'혹시……'

찬열은 초등학생의 자신이 아닌 마이너리그 시절의 자신을 떠올렸다.

당시 자신은 야구를 하기 싫었다. 포기해야 한다는 절망감이 마음을 채웠다. 그랬던 자신은 현성과 같은 표정을 지었었다.

'저 나이에 벌써 그런 고민을 한다고?'

고민을 하는 사이, 방 안으로 고모가 들어왔다.

"아휴! 오빠들은 정말 술고래라니까."

"하하! 피난 오신 거예요?"

"응, 그리고 우리 금메달리스트 조카님이랑 사진도 찍을 겸 왔지!"

그러면서 핸드폰을 꺼내 들며 옆에 와서 팔짱을 끼운다.

"치~ 즈!"

찰칵─!

찍힌 사진을 확인하며 웃던 고모를 바라보던 찬열이 고민하던 걸 이야기했다.

"고모, 현성이 야구부 생활 잘하고 있어요?"

"어? 으응……."

대답을 흘린다.

게다가 표정도 어두워졌다.

"무슨 일…… 있는 거예요?"

찬열이 조심스럽게 물었다.

하지만 고모는 바로 대답을 하지 않고 뜸을 들였다. 정확히 이야기하면 고민을 하는 것 같았다. 이내 고민을 끝낸 고모가 한숨을 푹 내쉬었다.

"후우─! 사실은……."

고모의 설명이 이어졌다.

"현성이가 야구부에 들어가기 전에 학교 애들에게 자랑을 했나 보더라고."

"자랑이요?"

"응. 친척 형이 프로선수라고 말이야. 그때야 야구를 하지 않을 때였으니 상관없었는데, 야구부에 들어가니까 이야기가 달라지더라."

"어떻게요?"

"또래 친구들은 물론이거니와 야구부 감독, 코치님들도 현성이에게 많이 기대를 하는 눈치였나 봐."

머릿속에 그림이 그려졌다. 그런 일은 찬열이 야구부에 있던 시절에도 있었다.

가족 중에 프로야구 선수가 있으면 주목을 받게 된다. 그것이 기뻐 꾸준히 자랑을 하고 다닌다. 아마 허풍도 조금 있었을 거다.

나쁜 게 아니다. 그 나이 대에는 원래 그런 거니까 말이다.

문제는 그렇게 높아진 기대치다. 아무리 친척이나 가족 중에 프로선수가 있다 하더라도 실력은 별개의 문제다.

"실력이 빠르게 늘지 않고 감독님이나 코치님의 관심도 줄어드니까 주눅이 들었어."

"하지만 그렇다고 저렇게까지 풀이 죽은 건 이해가 되지 않아요. 고작 6개월 정도 야구를 한 거잖아요?"

"응, 사실 그 일로 주눅이 들긴 했지만 문제는……."

야구부 아이들의 질투.

그게 문제였다.

처음부터 어른들의 관심을 받고 들어온 현성을 질투한 아이들이 있었을 것이다.

기대치에 미치지 못하는 실력에 어른들의 관심이 사라지자 그 아이들이 중심이 되어 현성을 괴롭히기 시작했다는 것이다.

"다행히 때리거나 그러지는 않은 거 같은데 따돌림을 하는 거 같아. 점점 팀에서 소외가 되니까 야구가 재미없어지고."

퍼즐이 맞춰졌다. 그리고 답도 보였다. 이런 일에 어떻게 대응을 해야 되는지 잘 알고 있었다.

과거 자신도 비슷한 일을 겪었으니까 말이다.

하지만 현성은 자신이 아니다. 같은 방법으로 이 고비를 타파할 수 없었다.

그랬기에 다른 방법을 떠올렸다.

"고모."

"응?"

자신을 바라보는 고모를 보며 찬열이 미소를 지었다.

\* \* \*

며칠 뒤, 찬열은 구단에 방문했다.

"어서 오세요! 금메달 축하드립니다!"

안면이 있는 이혜성이 손을 내밀며 축하의 인사를 건넸다.

찬열은 그 손을 맞잡으며 고개를 숙였다.

"감사합니다."

"이야~ 이거 병역도 해결되시고 금메달도 타시고! 정말 좋으시겠어요!"

"솔직히 무척 좋습니다."

병역문제는 국내의 스포츠 선수들이 하나같이 걱정하는 부분이다.

민감한 문제라 겉으로 드러내진 못하지만 최전성기, 그리고 가장 많이 발전할 시기의 공백은 매우 큰 타격이었다.

"자, 이쪽으로 가시죠. 단장님이 기다리고 계십니다."

단장이라는 말에 찬열의 얼굴에 긴장감이 돌았다.

오늘 구단에 방문한 이유.

바로 연봉 협상 때문이었다.

이미 그의 통장에는 억대의 돈이 들어와 있었다.

모든 옵션을 달성하면서 샤이닝 보너스가 한 번에 들어온 것이다.

즉, 그의 연봉은 2,000만 원이 아닌 1억 2천만 원이 된 것이다.

문제는 이 연봉의 1억이 보너스란 점이다.

과연 구단에서 보너스를 연봉으로 인정해 줄 것이란 점이 이번 협상의 쟁점이었다.

만약 해주지 않는다면 협상은 어려워질 게 분명했다.

또 한 가지.

'이미 류성일은 대전 이글스에서 400퍼센트 인상을 기록하면서 내년 시즌 억대 연봉을 받게 됐다.'

대전 이글스는 빠르게 류성일의 마음을 잡았다.

그리고 도장을 찍었다.

차세대 에이스가 될 류성일의 기분을 상하지 않게 하기 위함이다.

그 모습을 지켜보면서 찬열도 한 가지 목표를 세웠다.

'최소한 류성일보다는 많이 받아야 한다.'

일종의 라이벌 의식이었다. 연봉은 선수의 가치를 나타낸다.

자신이 류성일보다 적은 연봉을 받는 건 자존심의 문제가 된다.

게다가 자신이 올해 받은 연봉은 1억 2천만 원이다.

비록 보너스가 추가된 금액이라 하더라도 내년에도 같은 금액을 받는 건 쉬이 납득되지 않았다.

하지만 이런 걱정들은 기우에 불과했다.

"구단에서 내년 시즌 연봉으로 1억 4천만 원을 책정했네."

간단한 인사를 끝내고 자리에 앉자 이진구 단장이 곧장 본론을 꺼냈다.

그리고 그 본론은 매우 파격적인 것이었다.

"자네가 그 정도의 성적을 냈는데 최소한 류성일보다는 많이 받아야지!"

무려 600퍼센트의 인상률이었다.

게다가 06년 시즌에는 보너스로 받았던 것을 아예 보장으로 받았다.

만족스런 조건이었다.

또한 구단에서 자신을 생각해 준다는 게 느껴졌다.

망설일 필요가 없었다.

"감사합니다."

찬열은 고민하지 않고 계약서에 도장을 찍었다.

* * *

다음 날.

스포츠뉴스가 또 한 번 발칵 뒤집혔다.

구단에서는 바로 보도 자료를 배포했고 그 자료는 곧 모든 신문과 인터넷을 뒤덮었다.

프로야구 역사상 최초의 600퍼센트 인상률.

이 사실은 엄청난 반향을 일으켰다.

한 가지 확실한 사실은 찬열에 대한 기대감이 높아졌다는 것이다.

"이야, 이놈 정말 대단하네. 1년 만에 억대 연봉을 받는다니 말이야."

수영초등학교 야구부 코치인 김무진은 인터넷 기사를 확인하며 고개를 절레절레 저었다.

"내가 1년 차에는 얼마 받았었지?"

말해 무얼 할까.

당시 최저연봉인 천팔백만 원을 받았다.

"제길, 겁나 부럽네."

찬열의 사진을 바라보던 그는 문득 자신의 야구부에 있는 선수 한 명을 떠올렸다.

"그런데 이런 녀석을 친척 형으로 둔 녀석이 야구 실력은 그게 뭐야?"

바로 정현성이었다.

올해 4학년이 된 정현성이 야구부에 들어온 건 여름 즈음이었다.

처음에는 기대를 많이 했다.

야구부 녀석들에게 현성의 친척 중에 프로선수가 있다는 이야기를 들었기 때문이다.

그랬기에 기본은 할 거라 생각했다. 하지만 야구가 처음이란 말에 약간의 실망을 했다. 그래도 같은 핏줄인데 운동 센스는 조금 있을 거라 기대하면서 야구부에 가입시켰다.

결과는 최악이었다.

둘을 가르치면 하나를 잊어먹었다. 게다가 겨우 가르쳐 놓은 것들을 점점 까먹는 거 같았다. 당연히 관심이 사라질 수밖에 없었다.

그때였다.

따르릉—!

책상에 있는 전화가 울렸다.

내부회선이었다.

"여보세요?"

[김 선생님, 여기 행정실인데요. 전화 와서 김 선생님을 찾으시네요.]

"누군데요?"

[이름이 정찬열이라는데. 프로야구선수라던데요? 인천 와이번스라던가?]

"저…… 정찬열이요?!"

김무진이 자리에서 벌떡 일어나며 외쳤다.


골든글러브 시상식.

프로야구의 시상식 중 가장 화려하면서도 관심이 집중되는 시상식이다.

메이저리그의 골드글러브를 모티브로 만들어진 상이지만 수비가 시상 기준이 되는 메이저리그와 달리 정규시즌에서 가장 화려한 활약을 펼친 선수가 받는 상이었다.

코엑스 컨벤션 센터. 앞에는 많은 기자와 팬이 도착하는 선수들을 향해 환호와 플래시를 터뜨렸다.

"오성훈 선수! 여기 좀 봐주세요!"

"류성일 선수! 오늘 골든글러브 수상을 확신하십니까?!"

"김상필 선수! 골든글러브 후보에 오르셨는데 소감이 어떻습니까?!"

여기저기서 질문이 쏟아졌다.

간단한 인터뷰가 진행되기도 했다.

팬들에게 사인을 해주는 선수도 있었고 그냥 지나치는 이들도 있었다.

그때 한 대의 차량에서 내린 앳된 얼굴의 청년이 있었다.

슬림핏의 정장을 차려입은 청년이 레드 카펫을 밟자 기다렸다는 듯 팬들이 함성을 질렀다.

"꺄악!"

"오빠! 여기 좀 봐줘요!"

"사진 좀 찍어줘요!"

여자 팬들의 함성 소리에 몇몇 기자가 놀란 표정을 지었다.

"찬열이가 이렇게 인기가 좋았나?"

"게다가 포수인데……."

포수라는 포지션은 야구에서도 3D포지션이었다.

그래서 최근 학부모들은 자기 자식을 포수로 앉힌다면 아예 야구를 그만두게 할 정도였다.

또한 프로가 된다 하더라도 인기는 썩 높은 편이 아니었다.

경기 내내 마스크를 쓰고 있는데다가 타격 쪽에서도 그렇게 대단한 활약을 펼치지 못한다. 당연히 눈에 띄는 횟수가 줄어들 수밖에 없었다.

무엇보다 포수를 하다 보면 덩치가 커진다. 날렵한 체형도 있지만 다른 포수들에 비해 그렇다는 거지 여자가 좋아할 만한 체형은 아니었다.

그런데 찬열은 달랐다.

"몸이 근육질에다가 군살도 없고 아직 나이도 어려서 얼굴도 뽀송뽀송하니까 인기가 많더라고."

"정말?"

한 기자의 설명에 다른 기자들이 눈을 동그랗게 떴다.

"몰랐어? 인터넷에 팬 카페도 생겼는데 회원이 5만 명이 넘는다더군. 그중에 여성 회원이 30퍼센트나 되고 말이야."

"이야, 정말 인기가 좋은데?"

"정말 괴물 같은 활약을 한 데다가 저러는데 안 좋아할 여자들이 어디 있겠어?"

기자들의 시선이 찬열에게 향했다.

그는 팬들의 요청에 일일이 사인을 해줬다.

야구공, 글러브, 저지까지.

엄청난 숫자의 물건들이 눈앞을 오갔지만 짜증 한 번 내지 않았다.

거기서 끝이 아니었다.

사진 요청에도 해맑게 웃거나 심지어는 안전가드 너머로 상체를 넘겨 찰싹 달라붙어 사진을 찍었다.

여자라서가 아니다.

아이들은 아예 한 손에 안고 사진을 찍었고 남자들에게도 여자 팬들과 마찬가지로 서비스를 해줬다. 차별이 없는 그의 모습은 기자들의 입장에서도 이색적인 모습이었다.

"이야~ 팬 서비스 죽이네."

"저게 어제 오늘 일이 아니잖아. 도대체 1년 차 신인 녀석이 저런 팬 서비스를 한다는 게 말이 돼?"

찬열의 팬 서비스는 이미 팬들 사이에서 유명했다.

어떤 상황에서도 팬의 요청을 무시한 적이 없었다.

선수마다 다르기는 하지만 몇몇 선수는 팬의 사인이나 악수 요청을 무시하는 경우도 있었다. 정말 드문 경우기도 하지만 불쾌한 표정을 짓기도 한다. 그만큼 국내의 팬 서비스는 썩 좋은 편이 아니다.

그랬기에 찬열의 저런 모습은 팬들에게 호감으로 다가왔다.

그때 찬열이 기자들 앞을 걸어갔다. 기자들이 일제히 카메라를 들었다.

"정찬열 선수!"

그들의 외침에 찬열이 카메라를 발견하고는 미소와 함께 포즈를 잡아주었다. 조금 어색하긴 했지만 그것이 또 매력으로 느껴졌다.

찰칵-!

플래시가 터지면서 그들의 카메라에 찬열의 모습이 담겼다.

\* \* \*

최고의 시상식답게 꽤나 형식을 잘 갖췄다.

방송국에서도 카메라를 보내 생방송으로 시상식을 내보냈다.

오프닝 무대를 아이돌 그룹이 나와 화려하게 꾸몄다.

최근 인기가 높은 걸그룹의 무대인지라 선수들의 표정이 꽤 좋았다.

그건 찬열 역시 마찬가지다.

전생에서는 볼 수 없던 걸그룹을 눈앞에서 보는 거다.

전생이나 후생이나 어차피 20대이기에 예쁜 여자에게는 관심이 갈 수밖에 없었다.

오프닝 무대가 끝나자 본격적인 시상식이 이어졌다.

KBO 총재의 인사말을 시작으로 수상자를 부르기 시작했다.

대부분이 언론에서 이야기한 대로 결정이 났다.

이번 시즌은 투고타저였다.

그나마 찬열이 40홈런을 때리고 박대수가 30 후반의 홈런을 기록했지만 거기까지였다.

전체적인 홈런 개수는 줄어들었고 투수들의 강세로 시즌이 끝났다.

당연히 각 포지션에서 두각을 나타낸 선수가 적을 수밖에 없었다.

또한 격차도 많이 났었고 말이다.

'가장 박빙은 포수와 투수다.'

찬열이 시상대에 준비된 골든글러브를 확인했다.

멀어서 각인된 이름은 보이지 않았다. 하지만 그 개수가 3개인 건 보였다.

"3루 부문 수상자는 박대수 선수입니다!"

이제 남은 개수는 2개.

박대수가 짧은 소감을 남기고 수상자들이 모인 곳으로 가
서 앉았다.

"박대수 선수, 다시 한 번 축하드립니다. 자, 이번 차례는 포
수 부문 수상이 이어지겠습니다. 먼저 후보자들부터 보시죠!"

대형 스크린의 화면이 바뀌면서 동영상이 재생됐다.

[골든글러브 포수 부문! 첫 번째 후보 부산 자이언츠의 하원호!]

하원호의 활약상이 하이라이트로 편집되어 나타났다.

[두 번째 후보 대구 라이온즈의 진은성!]

포수 부문의 후보자들이 나올 때마다 방청객석에서 박수
소리가 나왔다.

[마지막 세 번째 후보 인천 와이번스의 정찬열!]

"와아아아아!"

"꺄아아악!"

남자들의 환호와 여자들의 비명에 가까운 함성이 뒤섞여
시상식장을 뒤흔들었다.

마치 아이돌 그룹의 콘서트장 같았다.

KBO 고위 관계자들은 물론이거니와 방송국 관계자들 역
시 당황하는 표정이 역력했다.

최근 여성 팬들이 늘어났다고는 하지만 이 정도까지 인기
를 끄는 야구선수는 드물었기 때문이다.

한바탕 소동이 지나가는 사이 찬열의 하이라이트 영상이

끝났다.

뒤이어 시상을 해줄 KBO 총재가 단상에 섰다.

"포수 부문 골든글러브 수상자는……."

두구 두구 두구-!

웅장한 소리가 긴장감을 끌어올린다.

찬열의 얼굴도 다소 긴장되어 있었다.

주변에서는 그가 골든글러브를 수상할 것이란 이야기를 입에 달고 살았다.

누구를 만나도 마찬가지였다.

하지만 확정이 아니었다.

그랬기에 일말의 불안감을 가지고 있었다.

사람이라면 누구나 그렇다. 남들은 잘될 거라고, 잘될 수밖에 없다고 하더라도 당사자는 떨리고 긴장이 됐다.

"인천 와이번스 정찬열!"

"와아아아아!"

짝짝짝짝-!

환호성과 박수 소리가 뒤를 이었다.

온갖 걱정으로 복잡하던 머릿속이 마치 청소를 한 듯 깨끗해졌다.

자리에서 일어나자 카메라가 다가와 그를 찍기 시작했다.

부담스러웠다.

하지만 이 부담도 즐겨야 했다.

그게 프로니까.

"정찬열 선수는 올 시즌 데뷔한 특급 신인으로 계약금 5억 원을 받고 인천 와이번스에 입단했습니다. 첫해부터 3할 3푼 9리, 170안타, 113타점, 90득점, 20도루, 40홈런을 기록하는 특급 활약을 펼쳤습니다. 또한 데뷔 첫해에 홈런왕과 최다 안타, 최다 타점, 최고 타율을 기록. 4관왕을 기록했습니다."

사회자의 설명을 듣는 사이 찬열이 총재 앞에 섰다.

"축하하네."

총재가 축하의 말과 함께 골든글러브를 건넸다.

그걸 받아 든 찬열은 손끝에서 찌릿하는 감각을 느꼈다.

마치 전기에 감전된 듯 심장까지 이동한 그 감각에 찬열은 감정이 복받치는 것 같았다.

"감사…… 합니다……."

자신도 모르게 목소리가 젖어왔다.

그동안의 기억들이 하나둘 떠올랐다.

파노라마처럼 머릿속을 스치고 지나가는 기억들에 눈물이 날 것만 같았다.

"자네 같은 좋은 선수가 나와 줘서 얼마나 기쁜지 모르네. 앞으로도 우리 한국 야구를 이끌어 나가주게."

"예."

짧고 굵은 대답과 함께 총재가 물러선 단상으로 찬열이 올라갔다.

마이크 앞에 선 그는 무슨 말을 할까 고민했다.

준비했던 말들이 있었지만 떠오르지 않았다.

지금 이 순간 떠오르는 건 딱 하나였다.

"어머니, 아버지 감사합니다!"

가장 하고 싶은 말이었다.

전생에서 자신을 위해 모든 걸 포기했던 부모님.

그리고 지금도 끝없는 믿음을 주는 두 분에게 이 영광을 돌리고 싶었다.

짝짝짝짝─!

방청객들이 박수로 그를 응원해 주었다.

"앞으로도 열심히 더 열심히 하는 정찬열이 되겠습니다! 감사합니다!"

간단하게 소감을 끝낸 찬열이 자리로 향했다.

"축하한다."

"축하해!"

선배들의 축하 인사가 쏟아졌다.

하나같이 골든글러브를 들고 있는 그들 사이에 자리를 잡고 앉았다.

이날, 찬열은 MVP와 신인왕까지 받으며 3관왕을 차지했다.

7장

다음을 준비하다

　수영초등학교 야구부는 02년 부산 아시안게임에서 대표팀이 금메달을 획득한 이후 만들어졌다.

　하지만 아직까지 이렇다 할 프로선수를 배출하거나 하지는 못했다.

　덕분에 최근에 지원이 형편없어졌다.

　코치의 질도 떨어졌고 자연스레 야구부에 들어오는 아이들도 줄었다.

　그런 야구부에 오랜만에 활기가 돌았다.

　아이들은 상기된 얼굴로 장비를 챙겨 운동장에 모였다.

　감독과 코치는 이미 운동장에 와있었다.

　그게 끝이 아니었다.

그 옆에는 멋들어지게 정장을 차려입은 교장선생님과 교감선생님 그리고 몇몇 선생님도 더 있었다.

또한 스탠드나 건물 내부에는 선생님과 학생들이 야구부를 주시하고 있었다.

수영초등학교 야구부가 개교한 이래 최고의 관심이었다.

그런 관심 속에 4학년 정현성의 표정은 매우 밝았다.

"현성아, 정말 오는 거지?"

"당연하지!"

친구의 질문에 현성이 고개를 끄덕였다. 그때 차 한 대가 학교로 들어왔다. 검은 세단은 학교 주차장에 멈췄고 차 안에서 한 남자가 내렸다.

그는 바로 정찬열이었다.

찬열의 등장에 학교와 스탠드에서 지켜보던 이들이 환호를 질렀다.

야구부원들도 술렁이기 시작했다. 하지만 코치가 무서워서인지 대놓고 좋아하지는 못했다. 찬열이 다가오자 교장이 그에게 다가갔다.

"수영초등학교 교장을 맡고 있는 이현길입니다."

"교감인 이민광입니다."

"안녕하세요. 정찬열입니다. 오늘 이렇게 제 요청을 받아주셔서 감사합니다."

"오히려 저희가 영광입니다. 골든글러브까지 수상하신 프로선수께서 저희 학교를 방문해 주시다니. 정말 감사합니다!"

이현길은 꽤나 저자세였다. 그 모습에 당황하긴 했지만 이것도 나쁘지 않다고 생각했다.

그때 건장한 체격의 두 남자가 다가왔다.

"수영초 야구부 감독을 맡고 있는 최길우입니다."

"선배님! 이렇게 뵙게 돼서 반갑습니다!"

"흠흠! 날 아나?"

"물론입니다. 빠른 발로 그라운드를 누비던 날쌘돌이 최길우 선배님을 모를 리가 없죠!"

최길우은 억지로 헛기침을 해댔다. 대놓고 얼굴에 금칠을 해주니 살짝 민망한 것이다.

하지만 기분은 좋았다. 그렇지 않아도 야구부 실적이 썩 좋지 않아 교장에게 압박을 받던 찰나였다. 그런 시기에 현재 최고의 주가를 달리는 프로선수가 방문해서 자신의 업적을 말해주니 면이 살았다.

"통화했던 김무진입……."

"김무진 선배님!! 레이더스 시절의 활약! 정말 인상 깊었습니다. 부상이 정말 아쉬웠습니다."

"하하…… 그렇습니까?"

"예! 특히 포스트시즌에서 보여주었던 세 타자 연속 탈삼진은 아직도 생생합니다!"

김무진의 얼굴에도 자연스레 미소가 그려졌다. 찬열의 말을 듣던 교장과 교감의 얼굴에는 당혹감이 나타났다.

'그저 그런 선수들이었다고 들었는데…….'

'정찬열 선수가 저렇게까지 말하는 거 보면 사실은 대단했던 거 아니야?'

사실 두 사람은 야구에 대해 잘 모른다.

최길우와 김무진을 고용할 때도 주변인의 추천을 받고 고용했던 것이다.

그랬기에 두 사람의 성적을 잘 몰랐다.

사실 최길우와 김무진은 프로시절 썩 좋은 성적을 남기지 못했다.

최길우는 외야수로 1군에서 2시즌을 보내고 쭉 2군에서 지내다 은퇴를 했다.

김무진 역시 비슷한 절차를 밟았다.

그런데 찬열은 그런 두 사람의 장점만 부각시킨 것이다.

뻔히 보이는 수였지만 두 사람의 입장에서는 기분이 좋을 수밖에 없었다.

그렇게 좋은 분위기 속에 찬열의 수영초등학교 방문이 시작됐다.

초등학생은 스펀지다.

가르치는 족족 흡수를 한다.

그래서 이맘때 가르치는 지식은 그들의 상식이 되어 머리에 박힌다.

그것을 알기에 찬열은 최대한 정석대로 그들에게 야구를 알려주었다.

"야구의 기본은 하체입니다. 하체가 튼튼해야 잘 던지고 잘 칠 수 있습니다."

"캐치볼은 송구의 기본이 됩니다. 팔꿈치가 어깨선보다 밑으로 내려오면 강하게 던질 수 없어요. 마지막 순간에 공을 미는 느낌이 아니라 때린다는 생각으로 던져야 됩니다."

후웅-!

쐐액-!

뻥-!

"와아!"

가볍게 던진 공이 수직으로 날아가는 모습에 야구부원들이 감탄을 터뜨렸다.

대단한 건 아니지만 프로인 찬열이 하니 왠지 멋져 보였다.

"어떤 일을 하던지 기본이 중요합니다. 기본이 되어 있지 않으면 위로 올라갈 수 없어요."

그 말을 끝으로 찬열의 설명이 끝났다.

이후에는 야구부원들의 훈련을 지켜보며 개별적으로 지도를 해주는 시간을 가졌다.

"스윙을 할 때는 축이 되는 발이 돌아가면 안 돼. 이 발이 돌아가면 상체가 열리면서 헤드업이 되거든."

"몸통을 너무 급하게 돌릴 필요는 없어. 하체가 마운드에 딱 고정이 됐을 때 몸통을 돌리면서 공을 뿌려. 그래야지 하체에서 올라오는 힘이 공에까지 전달이 돼."

찬열의 포지션은 포수다.

그렇다고 포수에 대한 지식만 풍부한 건 아니었다.

외국도 마찬가지지만 국내 역시 중고등학생 때는 여러 포지션을 경험해 본다.

또한 찬열은 외국에서 지낼 때 코치들이 선수들에게 가르치는 모습을 곁에서 지켜봐 왔다.

전문적인 부분으로 들어가면 해줄 조언이 없었지만 기초적인 부분은 알고 있는 이유였다.

대략적인 지도를 끝낸 찬열이 한쪽에 서서 야구부원들을 지켜봤다.

그러다 한쪽에서 장비를 착용하는 현성을 볼 수 있었다.

'포지션은 포수인가?'

오늘 현성과 제대로 된 대화를 나누지 않았다.

일일 코치로 온 만큼 많은 아이들에게 관심을 줄 생각이었기 때문이다.

그랬기에 현성의 포지션을 아직 모르는 찬열이었다. 그때 김무진 코치가 다가왔다.

"오늘 이렇게 찾아와 줘서 고맙네."

30대 중반인 김무진 코치의 말투치고는 조금 노티가 났다.

한참 후배인 자신 앞에서 무게를 잡으려는 티가 역력했다.

"아닙니다. 아이들이 기초가 잘 다져 있어서 제가 할 게 별로 없었습니다."

"하하! 감독님이 기초를 중요시하는 분이거든."

찬열은 그 말에 동의했다.

아이들을 가르치면서 느낀 거지만 기초가 무척 튼튼했다.

특히 고학년들의 경우 투수들도 변화구를 던지지 않고 오로지 직구 하나만 던지고 있었다.

'어릴 때 변화구를 던지면 근육이 상하고 성장에도 좋지 않다. 직구 하나만 던지게 하는 게 좋지.'

무엇보다 인상적이었던 건 투구 수를 조절한다는 것이었다.

최길우가 제대로 아이들을 가르친다는 느낌을 받았다.

'그런데 왜 현성이는 그런 거지?'

이런 지도자들 밑에서 현성이 주눅이 들었다는 건 이상했다.

하지만 그 이유는 금세 알 수 있었다.

"악!"

쪼그려 앉아서 공을 받던 현성이 패스트볼(Passed ball)을 기록했다.

조금 쉬운 말로 하면 폭투다.

투수가 제대로 던진 공을 포수가 받지 못하는 일을 일컫는 야구 용어였다.

'공을 받는 걸 어려워하는데?'

그 모습을 지켜보던 찬열은 바로 깨달았다.

현성은 공을 받는 걸 무서워하고 있었다.

같은 포수기에 알 수 있었다.

그리고 왜 무서워하는지도 이해했다.

'포수의 시야는 좁다. 또한 움직임 역시 방해를 받는다. 그런 상황에서 투수가 던지는 공을 받아야 된다. 게다가 타자가 휘두르는 배트가 눈앞에서 돌아가니…….'

지금이야 익숙해졌지만 과거 마이너리그에 진출했을 때 찬열도 폭투를 수없이 기록했다.

초중고 때는 말할 필요도 없었다. 하지만 단지 폭투 때문에 야구를 싫어하게 됐다? 그건 이해가 되지 않았다.

그때 김무진이 조심스레 이야기를 꺼냈다.

"현성이는 좀 아까워."

"예?"

"처음 들어왔을 때 정 선수 사촌동생이라고 해서 기대를 많이 했어. 하지만 썩 좋은 움직임은 아니었어. 그냥 평범한 정도? 직접 야구를 가르친 적은 없지?"

"네, 야구를 배우는 건 이번이 처음입니다."

"그럴 거 같았어. 배운 움직임이 아니었거든. 뭐, 그래도 상관없었지. 어차피 우리 학교야 야구부원이 넉넉한 숫자도 아닌데다가 다른 아이들과 같다고 생각하면 됐으니까."

찬열이 고개를 끄덕였다.

"그런데 다른 아이들이 문제야. 꼭 자네를 걸고넘어지면서 애를 놀리거든. 뭐, 저맘때의 아이들이니 그럴 수 있지만. 덕분에 현성이가 조금 자신감을 잃었어."

찬열의 표정이 안타까움으로 물들어갔다.

"자네도 알다시피 자신감이란 건 선수에게 무척이나 중요하지 않나? 특히 저 나이대의 아이들은 실수 하나 하면 주눅이 들어서 다음 플레이에도 영향이 가고 말이야."

그건 어른도 마찬가지였다.

에러를 범한 선수가 다음 플레이에서도 에러를 범할 확률은 매우 높았다. 혹은 타격에까지 문제가 갈 수도 있고 말이다. 하물며 초등학생이면 어떨까?

'자신감이라……'

어떻게 해줘야 될지 선뜻 감이 잡히지 않았다. 고민을 하던 찬열은 일단 자신이 할 수 있는 걸 하기로 했다.

"잠시…….."

김무진에게 양해를 구하고 자리를 벗어났다.

"현성아."

"형!"

길 잃은 강아지가 주인을 찾은 것처럼 눈을 반짝이는 현성을 보니 피식 웃음이 나왔다.

"형이 하는 거 잠깐 볼래?"

"응!"

현성이 고개를 끄덕이고 옆으로 비켰다.

찬열은 미트를 착용하고 캐처 박스에 앉았다.

"원하는 코스에 던져 봐!"

"네!"

마운드 위에 있는 소년이 고개를 끄덕였다.

이름이 이민기라고 했던가?

민기는 프로가 자신의 공을 받아준다는 게 기쁜지 웃는 얼굴로 공을 던졌다.

쐐액-!

손에서 떠난 공이 느릿하게 날아왔다.

'80㎞쯤 되나?'

찬열의 눈에야 지렁이가 기어오는 속도 같지만 초등학생이 이 정도면 괜찮은 구속이다.

빠른 건 아니지만 평균 정도?

한 가지 흠은 하체가 안정되어 있지 않아 어깨가 열리면서 제구가 높게 된다는 것이었다.

퍽-!

"좋아! 그런데 하체를 조금 더 고정을 시키고 왼쪽 어깨를 움직이지 않는다는 느낌으로 공을 던져 봐!"

직접 시연을 보이면서 설명을 하자 이민기가 '네!'라고 대답하며 고개를 끄덕였다.

"흡!"

발이 마운드 위를 밟자 의식적으로 힘을 주었다. 동시에 허리가 돌아가자 최대한 왼쪽 어깨를 닫으려고 노력했다. 이후 팔을 돌려 세차게 공을 때렸다.

쐐애액-!

이전과는 다른 소리가 났다. 공의 속도도 빨랐다. 찬열의 기준으로 봤을 때 이전의 공이 지렁이가 기어온다면 지금은 개미가 다가오는 속도는 됐다.

뻥-!

찬열은 일부러 볼 집이 아닌 손바닥으로 공을 잡았다.

이러면 무척이나 좋은 소리가 난다. 손바닥이 아프고 공이 튕겨져 나갈 수 있지만 프로인 찬열이 그런 실수를 할 리 없었다.

또한 이렇게 좋은 소리가 나오면 투수의 기분이 좋아진다.
마운드 위에서 눈을 동그랗게 뜨고 있는 이민기처럼 말이다.

"베리 굿! 아주 좋았어! 방금처럼 던져!"

"네, 네!"

깜짝 놀란 듯 대답을 하는 이민기를 보던 찬열이 현성에게
이야기했다.

"현성아."

"응?"

"공을 무서워할 이유는 없어. 네가 미트를 착용하고 장비를
착용하는 이유를 떠올려 봐. 그것들이 널 보호해 주는 거야."

"하지만……."

"맞으면 아프지. 하지만 이렇게 생각해 봐. 여기서 공을
받을 때 네가 볼 수 있는 풍경을 말이야."

"풍경…… ?"

"내 뒤로 와 봐."

찬열의 말에 현성이 그의 뒤로 다가왔다. 갑작스런 현성의
이동에 이민기가 당황한 표정을 지었다.

"자, 모든 사람이 널 보고 있지?"

"응!"

"그래서 포수는 특별한 거야. 그라운드에서 뛰는 8명의 수
비 중 유일하게 다른 곳을 볼 수 있는 포지션이거든."

"아……."

"이 특혜를 다른 사람에게 줄 거야?"

현성이 고개를 절레절레 저었다.

"형 믿지?"

"응!"

"그럼 공을 끝까지 봐. 절대 공에서 눈을 떼면 안 돼. 알았지?"

"응!"

찬열이 손가락을 움직여 이민기에게 공을 던지라는 신호를 주었다.

이민기는 주춤하다 이내 와인드업을 했다.

"흡!"

찬열의 조언대로 어깨를 닫은 채 공을 뿌렸다.

이전보다 빠르게 날아오는 공에 현성은 순간 몸을 웅크렸다.

"공을 똑바로 봐!"

찬열의 외침에 현성은 망설임을 버리고 공에 집중했다.

뻥—!

높은 코스에 들어오는 공을 포구한 찬열이 고개를 돌려 현성을 바라봤다.

미동도 하지 않은 자세와 집중한 눈동자가 보였다.

'이 녀석…….'

현성의 시선은 꽉 닫힌 찬열의 미트로 향해 있었다.

"현성아."

"아······ !"

찬열의 부름에 현성이 정신을 차렸다.

마치 신세계를 본 사람처럼 탄성을 터뜨린 현성이 말했다.

"형! 나 공 잡아보고 싶어!"

"그래?"

대답을 하며 자리에서 일어났다.

후다닥 미트를 착용한 현성이 그가 앉아 있던 곳에 쪼그려 앉았다.

"마스크 안 써도 돼?"

"괜찮아!"

자신감 있게 대답하는 현성을 보며 찬열이 그의 뒤에 섰다.

여차하면 자신이 직접 공을 받을 생각이었다.

이민기는 장비를 착용하지 않은 현성의 모습에 멈칫했다.

하지만 찬열이 손으로 신호를 주자 고민을 떨쳐 내고 와인 드업을 했다.

"차앗!"

쐐애액-!

이민기의 단점은 고쳐졌다.

회전이 잘 먹힌 공이 빠르게 날아왔다.

집중력을 끌어올린 현성이 천천히 미트를 움직였다.

코스가 조금 낮았지만 현성은 무척이나 안정적으로 미트를 댔다.

뻥—!

"스트라이크."

찬열이 작은 소리로 말했다.

고개를 돌린 현성이 해맑은 미소로 그의 말에 화답을 했다.

\* \* \*

수영초등학교에서의 일일 코치가 끝난 다음 날.

고모에게서 연락이 왔다.

[찬열아! 바쁠 텐데 정말 고마워! 덕분에 현성이가 다시 야구에 관심을 가지게 됐어!]

"아니에요. 별로 한 것도 없는데요. 다시 야구에 관심을 가졌다니 다행이에요."

[다음에 고모가 맛있는 거 사줄게! 정말 고맙다!]

짧은 통화였지만 고마움이 느껴졌다.

시간을 뺏기기는 했지만 찬열의 입장에서도 좋은 경험이었다.

아이들을 가르치면서 자신 역시 기초에 대해 다시 생각을 할 수 있었고 말이다.

다음 날.

찬열은 시즌 전에 다니던 피트니스 센터를 방문했다.

"이야! 슈퍼스타 정찬열 선수 아닙니까?!"

한영호가 과장된 몸짓으로 그를 맞이해 주었다.

"너무 부담스러운 인사인데요?"

"하하! 네 덕분에 우리 센터에 손님이 많이 늘었다!"

"네?"

찬열의 되물음에 한영호가 손짓으로 한쪽 벽을 가리켰다.

그곳에는 찬열의 사인 그리고 한영호와 찍었던 사진이 액자에 담겨 전시되어 있었다.

"언제 저런 걸……."

"네 활약이 하늘을 찌를수록 우리 센터의 회원도 점점 늘어났어!"

"하하……."

"그런데 오늘은 어쩐 일이야?"

"슬슬 스프링캠프 준비를 해야 돼서요."

벌써 12월 초가 지나가고 있었다.

스프링캠프는 1월 중순부터 시작이니 슬슬 몸만들기에 들어가야 했다.

"한 달 정도 남았나?"

"네, 그전에 기초체력을 끌어올리고 싶습니다."

"좋았어. 그럼 일정은 언제부터 할까?"

"다음 주 월요일부터 시작하는 걸로 하죠. 주말에는 약속이 있어서요."

"오케이! 알았다. 그럼 그날 나와서 스케줄 짜는 걸로 결정하자."

"네."

간단하게 결정을 내린 찬열이 센터를 나왔다.

정은지를 만날까도 했지만 이 시간에는 센터에 없는 걸 알기에 굳이 기다리지 않았다.

곧장 집으로 온 찬열의 전화가 울렸다.

발신자를 확인한 찬열이 곧장 전화를 받았다.

[정찬열 선수, 저 YJ 매니지먼트 김영재입니다.]


다음 날.

찬열은 집 인근의 카페에 앉아 있었다.

'매니지먼트라……'

이전 삶에서 찬열은 매니지먼트, 에이전시에게 좋은 감정이 없었다.

처음에는 간, 쓸개 모두 빼줄 것 같던 사람들이다.

2년.

그들이 자신에게 관심을 끊은 시간이다. 트리플A에서 더블A로 떨어지는 순간 그들은 등을 돌렸다.

정말 순식간에 벌어진 일이다.

지원도 사라지고 구단과의 협상도 직접 해야 했다. 덕분에 고생을 꽤나 했었다. 아버지가 미국으로 넘어오게 된 계기가 되기도 했다.

'일단 이야기나 나눠보자.'

박현우가 이상한 사람을 소개시키지 않았을 것이다.

찬열은 그렇게 믿고 기다렸다.

잠시 뒤.

약속보다 5분 정도 이른 시간에 정장을 입은 한 남자가 들어섰다.

'변호사라고 하더니……'

생각보다 젠틀한 이미지의 중년 신사의 등장에 순간 당황했다.

카페 안을 두리번거리던 그가 찬열을 발견하고 다가왔다.

"정찬열 선수! 늦어서 죄송합니다!"

"아닙니다. 제가 일찍 온 건데요."

"하하! 그리 말씀해 주시니 한결 마음이 편합니다. 오늘 이렇게 만나주셔서 감사합니다. 부족하지만 YJ 매니지먼트라는 작은 회사의 대표를 맡고 있는 김영재입니다."

명함을 건네며 인사하는 김영재가 서글서글하게 미소를 지었다.

왠지 모르게 인상이 좋았다.

'지금까지 만나온 사람들하고는 조금 다르네.'

전생에서도 다양한 사람을 만났다. 그중에는 중소기업의 대표 혹은 대기업의 중역들도 있었다. 그들을 만나면서 느낀 건 하나였다.

첫 만남에도 아랫사람을 대하듯 한다는 것이다.

'특히 지인을 통해 만나면 그런 경우가 많았는데.'

김영재는 아니었다.

첫 만남부터 계속해서 존대를 한다.

또한 겸손한 모습도 보였다.

이색적이었다.

'왠지 느낌이 좋아.'

"일단 앉아서 이야기를 나눌까요?"

"네."

두 사람이 서로를 마주보고 앉았다.

대화는 김영재의 주도로 이루어졌다.

변호사 출신이라서 그런지 아니면 원래 그런지 언변이 좋았다. 대화를 하던 찬열은 문득 의아한 점이 생겼다.

'현우 선배 이야기를 안 하네.'

이 자리는 박현우의 소개로 만들어진 자리다.

의례적으로 이런 자리에서는 소개인의 이야기가 나오게 마련이다.

하지만 김영재는 단 한 번도 박현우에 대해 언급하지 않았다.

그게 조금 이상하긴 했지만 그 외에는 평범했다.

일상적인 이야기와 경기를 잘 봤다, 금메달 축하한다는 등. 평이한 이야기가 이어졌다.

"이번에 초등학교 일일 코치를 하셨다고요?"

"음? 제가 말씀을 드렸었나요?"

"아닙니다. 수영초에 있는 최길우 감독과 친분이 있어서 전해 들었습니다."

"아······."

"제가 원래 레이더스를 응원했습니다. 극성팬이었죠. 그래서 현우나 길우, 그리고 무진이에게 애정이 좀 깊습니다. 하하!"

전주 레이더스는 비운의 팀이다.

90년대 창단한 레이더스는 많은 스타플레이어를 거느렸다.

하지만 IMF 이후 모 그룹이 무너지면서 선수를 현금에 팔면서 급격하게 무너졌다.

그렇게 10년이란 짧은 역사를 가지고 레이더스는 역사 속으로 사라졌다.

"그러셨군요."

"먼저 일일 코치를 제안하셨다고 들었습니다."

"예, 그곳에 제 친척 동생이 다니고 있습니다. 그게 인연이 닿아 먼저 제안을 했었습니다."

"야구 용품도 500만 원이나 지원하셨다고 들었습니다."

500만 원.

1억 원이 넘는 연봉을 받는 찬열의 기준에서는 작은 돈일 수도 있다.

그렇다 하더라도 자신이 아닌 남에게 쓴다는 건 대단한 일이었다.

"정말 좋은 일을 하셨습니다. 구단 측에서 나서야 학생야구가 조금 살아날 텐데…… 참 아쉽습니다."

점점 김영재의 마인드가 마음에 들었다.

찬열은 슬슬 본론을 꺼내도 되겠다는 생각을 하며 바로 본론으로 넘어갔다.

"사실 수영초에 일일 코치를 간 이후에 비슷한 요청이 들어오는 곳이 많아지고 있습니다. 어떻게 연락처를 알았는지 제 전화로 매일같이 연락이 오더군요."

찬열이 김영재를 만나기로 한 결정적 이유였다.

정말 시도 때도 없이 전화가 왔다.

잠잘 때도 전화가 와서 최근에는 밤에 전원을 끄고 잠을 청했다.

도대체 예의나 매너는 어디에 버렸는지 궁금했다.

"그거 골치 아프겠군요."

김영재가 이해한다는 듯 고개를 끄덕였다.

"일단 제가 드릴 조언은 최대한 빠른 시일 내에 대리인을 구하는 겁니다. 대체적으로 야구 선수들은 부모님 혹은 형제나 친구 등 가까운 인물을 대리인으로 세웁니다."

뒤를 이어 장단점에 대해서도 설명을 해주었다.

그 정도는 찬열도 생각하고 있는 부분이다.

궁금한 건 다음 부분이었다.

"그리고 회사에 위임하는 방법도 있습니다. 회사는 여러 곳이 있습니다. 가장 큰 곳은 TH 에이전시입니다."

익히 알고 있는 이름이다.

야구만이 아니라 축구, 테니스, 피겨스케이팅 등 각종 분야에서 이름을 알리는 곳이다.

그 외에도 김영재는 회사들을 하나하나 설명해 주었다.

단점만이 아니라 장점도 부각시키면서 말이다.

설명을 듣다 보면 정말 자신과 계약할 마음이 있는지 의심이 들 정도로 다른 회사들의 장점을 잘 이야기해 주었다.

그리고 끝 무렵에 자신의 회사에 대해 어필을 했다.

"저희 회사에서 할 수 있는 건 사실 다른 회사에서도 할 수 있습니다."

아니, 어필이 아닌가?

"하지만 저만이 잘할 수 있는 게 있습니다."

"그게 뭐죠?"

"야구를 좋아하고 선수들에게 필요한 게 무엇인지 안다는 겁니다."

말은 누구나 할 수 있다.

이전의 삶에서도 매니지먼트는 간이고 쓸개며 모든 걸 빼줄 것 같았다.

하지만 메이저리그에 콜업될 것 같지 않자 뒤도 보지 않고 등을 돌렸다.

그들은 계약의 프로다.

결코 손해 볼 일은 하지 않는다.

그걸 알기에 찬열은 조심스러웠다.

"이걸 봐주십시오."

김영재가 서류 가방에서 노트북을 꺼냈다.

순간 태블릿PC가 떠올랐지만 이내 머리에서 지웠다.

'스마트폰이 나오는 것도 아직 멀었지.'

쓸데없는 생각을 하는 사이 김영재가 프로그램을 실행시켰다.

그러자 모니터에 잘 정리된 계획표가 나타났다.

"현우에게 이야기를 들은 뒤부터 정찬열 선수를 어떻게 케어해 줄 수 있을까? 고민을 하면서 정리한 부분입니다."

놀라웠다.

두 사람이 통화를 한 것이 열흘, 박현우가 김영재를 언급했던 게 고작 보름이다.

그 시간에 정리했다고 보기에는 자료가 방대했다.

더욱 놀라운 건 보기 편하게 정리가 되어 있다는 점이었다.

찬열은 야구만 해왔다.

그래서 이런 업무에 관한 부분은 몰랐다.

하지만 이 안에 담겨 있는 김영재의 진심과 노력은 알 수 있었다.

"직접 하신 겁니까?"

"회사에 선수가 현우를 포함해서 3명이 있습니다. 조금 버겁기는 하지만 아직은 혼자서 할 수 있을 정도입니다."

대답에 또 한 번 놀랐다.

"그리고 직접 케어를 해주는 게 마음도 편하고 제가 원하는 일이기도 합니다."

마음이 기울었다.

하지만 바로 결정을 내리지는 않았다.

"계약서를 볼 수 있을까요?"

"아! 물론입니다."

김영재가 서류 가방에서 계약서를 꺼내 건넸다.

찬열은 계약서를 찬찬히 살폈다.

두 사람의 만남은 저녁 시간이 되어서야 끝났다.

근처에 있는 식당으로 자리를 옮겨 간단히 식사를 하고 헤어졌다.

"부담 갖지 마시고 천천히 검토해 보시길 바랍니다. 혹시 궁금하신 게 있으시면 언제든지 연락 주시고요."

"알겠습니다. 오늘 만남 정말 즐거웠습니다."

김영재를 뒤로하고 찬열은 집으로 향했다.

\* \* \*

주말을 이용해 찬열은 아버지와 함께 계약서를 검토했다.

"음, 전체적으로 내용이 좋구나. 계약 기간이 조금 긴 게 걸리기는 하지만 그동안 지원해 주는 부분도 많고 일단 국내의 수수료가 적은 게 마음에 든다."

계약서는 크게 두 가지로 나눌 수 있었다.

국내용과 국외용.

찬열이 국내에서 활동할 경우 매니지먼트가 관여하는 부분에서 수수료를 3퍼센트, 국외에서 활동할 경우 연봉과 계약 부분에도 관여를 하며 수수료를 5퍼센트 가져간다는 것이 주요 골자였다.

"개인적으로 몇 곳의 조건을 알아봤지만 대부분 국내로 제한이 되어 있더라. 수수료도 높은 편이고."

계약서는 그 회사의 모습을 단적으로 볼 수 있었다.

국내의 내용만 있다는 건 해외에 대한 생각이 별로 없다고 해석할 수 있었다.

과대 해석일 수 있지만 이런 사소한 부분에서 오너의 생각과 포부도 나오는 것이다.

오랜 세월 회사를 운영해 온 정기홍은 그리 생각했다.

"지원해 주는 부분도 좋은 편이야. 연계된 곳에서의 훈련비도 지원이 나오고 비시즌 기간에는 오키나와나 괌 같은 곳에서 훈련할 수 있게 도와준다는군."

그 외에도 자잘한 부분이 많았다.

결론은 선수들에게 유리한 계약서라는 거였다.

"내 생각이지만 계약을 해도 되지 않을까 생각한다. 물론 최종 결정은 찬열이 네가 해야 되는 거지만."

"예, 감사합니다, 아버지."

"아니다. 원래는 내가 도와줬어야 될 일인데……."

"제가 전문적인 케어를 받고 싶어서 선택한 일이에요."

찬열이 단호하게 이야기했다.

여기서 어설프게 이야기하면 계속 미안해하실 거 같아서였다.

그런 찬열의 마음을 이해한 듯 정기홍이 작은 미소를 지었다.

"그래, 고맙다."

* * *

며칠 뒤.

찬열은 YJ 매니지먼트와 정식 계약을 체결했다.

"같이 일하게 돼서 영광입니다."

"잘 부탁드립니다."

"저야말로 잘 부탁드려야죠. 일단 구단 측에 연락을 해서 정찬열 선수에 관한 문의는 저희 쪽으로 돌리도록 하겠습니다."

12월 중순을 향하고 있는 지금까지도 구단에는 찬열에 대한 문의가 쇄도하고 있었다.

그게 정리가 된다고 하니 안심이 되었다.

"그리고 이제 슬슬 스프링캠프를 준비하셔야 되지 않습니까?"

"예, 올 시즌 마무리 훈련에는 불참을 해서 일찌감치 시작을 해야 합니다."

대표팀 참가로 인해 마무리 훈련의 불참, 게다가 이런저런 시상식에 끌려 다니느라 훈련이 계속 늦어지고 있었다.

"현재 어디에서 훈련을 하고 계십니까?"

"인천의 아레나 피트니스 센터입니다."

"아~ 한영호 씨가 관장으로 있는 곳이군요."

"아십니까?"

"운동권에서 한영호 씨가 꽤 유명합니다. 특히 크로스핏 쪽에서는 국내에서 가장 뛰어난 실력자이기도 하고요. 세계 대회에서 3위를 기록한 적도 있습니다."

크로스핏에도 세계대회가 있는지 처음 알았다.

게다가 한영호가 3위를 하다니.

놀라움의 연속이었다.

"그럼 그곳에 연락을 넣어놓겠습니다."

"예."

그 뒤로도 자잘한 이야기를 몇 가지 더 진행하고 사무실을 나왔다.

\* \* \*

월요일.

찬열은 아침 일찍 아레나 피트니스 센터를 방문했다.

본격적인 운동을 시작하기 전 몸 상태와 어떤 방향으로 운동을 할지 상의하기 위함이었다.

"보시면 아시겠지만 작년 시즌 직전과 비교했을 때 체지방이 늘었습니다. 체지방을 조금 줄이고 근육량을 높이는 식으로 진행을 하도록 하죠."

"네, 그리고 관장님. 제가 이번 시즌 후반에 체력이 떨어지는 느낌을 받았습니다. 어떻게 보완할 방법이 없을까요?"

"흠, 체력이라……."

찬열은 비시즌 기간인 지금 자신이 파악한 단점을 모두 보완할 생각이었다.

시즌 도중 생기는 단점과 약점은 어쩔 수 없지만 그걸 알고 있는 상황에서라면 모두 보완하는 게 옳은 선택이었다.

"그럼 전체적으로 운동 강도를 조금 높이도록 하겠습니다. 작년에 비해 힘들어질 수 있는데 괜찮습니까?"

"예."

"비용은 YJ 측에서 모두 지불하기로 했으니 다양하게 운동을 해볼까요?"

씩 웃는 한영호의 모습이 왠지 사악하게 느껴지는 건 단지 기분 탓일까?

불안함을 안고 찬열은 첫날의 운동을 시작했다.

운동의 강도를 높이면 근육은 비명을 지른다.

그건 엘리트 운동선수 출신인 찬열 역시 마찬가지였다.

"으어어어……."

아침에 눈을 뜬 그는 좀비처럼 어기적거리며 겨우 몸을 일으켰다.

"윽! 억! 큭!"

몸을 움직일 때마다 근육이 비명을 질렀다.

너무 바빠 운동을 멀리했던 탓이다.

적응을 하려면 며칠이 걸릴 것 같았다.

"적응할 시간은 주려나."

첫날 한영호의 운동 강도를 떠올렸다.

작년과 비교해서 딱 3배 힘들었다.

정말 오랜만에 운동을 하다가 신물이 올라올 정도였다.

"일단 씻어야지."

오늘도 아침 스케줄이 있었다.

이 상태로 어떤 운동을 할지 걱정이었지만 그래도 한영호를 믿었다.

이 시기의 훈련은 기초공사라고 보면 된다.

겉이 아무리 화려하고 좋은 건물이라 하더라도 기초가 부실하면 위험하다.

운동선수의 몸 역시 마찬가지였다.

한영호는 그것을 제대로 이해하고 훈련을 시켜줄 수 있는 사람 중 한 명이었다.

찬열은 샤워실에 들어가 물을 틀었다.

쏴아아아-!

샤워를 끝내자 어느 정도 정신이 들었다.

여전히 몸은 아팠지만…….

"가볼까."

간편한 트레이닝복을 착용한 그가 바나나를 입에 물고 집을 나섰다.

\* \* \*

가볍게 뛰어 피트니스 센터에 도착한 찬열을 기다린 건 정은지였다.

"오랜만이에요."

생긋 웃는 미소가 여전히 아름다운 그녀였다.

"앞으로 아침 훈련은 저한테 받으실 거예요."

"아……."

"몸이 많이 아프시죠?"

"네, 아주 죽겠습니다."

엄살을 부리자 그녀의 미소가 짙어졌다.

"그럼 오늘은 가볍게 근육을 풀도록 할까요?"

그녀가 앞장서서 걸었다.

뒤를 따르는 찬열은 눈을 어디에 둘지 곤란한 표정을 지었다.

그도 그럴 것이 몸매가 드러나는 요가복을 입은 그녀의 뒤태가 꽤 민망했기 때문이다.

'왜 저런 옷을 입었지.'

찬열도 남자이기에 상상의 나래를 펼치게 만들었다.

하지만 곧 정은지가 저런 옷을 입은 이유를 알게 되었다.

"끄으으윽!"

"자~ 조금만 더 내릴게요~"

웃음을 잃지 않으며 상체를 숙이는 그녀의 모습에 찬열은 질렸다는 표정을 지었다.

'여기서 어떻게 더 내려!'

현재 찬열은 다리를 좌우로 펼치고 상체를 숙인 기본적인 스트레칭을 하고 있었다.

문제는 지면과 찬열의 상체의 각도가 20도밖에 되지 않을 정도로 깊게 숙였다는 것이다.

그런데 여기서 더 숙인다니?

하지만 그게 끝이 아니었다.

정은지의 요가는 매우 난이도가 높았다.

'저런 옷을 입은 이유가 있네. 저 정도로 몸을 굽히려면 보통의 트레이닝복으로는 어림도 없어. 그나저나 왜 이렇게 지

치지?'

요가 룸의 높은 온도 역시 찬열을 빨리 지치게 만들었다.

그 결과 1시간의 짧은 시간에도 그는 축 퍼졌다.

"으어어어…… 너무 힘들어요."

"그래도 근육통은 많이 사라지지 않았어요?"

"에이~ 아무리 그래도 그게 벌써…… 어?"

팔을 들어 돌리던 찬열의 눈이 동그랗게 커졌다.

"안 아파요."

"그렇죠?"

그럴 줄 알았다는 듯 정은지가 생긋 웃었다.

여전히 의아한 듯 팔을 돌리는 찬열을 보며 그녀가 설명을
했다.

"오늘 한 요가는 핫 요가라고 해서 온도와 습도가 조금 높
은 환경에서 하는 운동이에요. 환경이 따뜻해지면 근육통이
조금 더 빠르게 회복이 되는 효과가 있어요. 일종의 찜질 효
과죠."

"오……."

"그리고 스트레칭의 효과에 대해서는 잘 아시잖아요? 오
늘 요가의 동작 대부분이 스트레칭에서 변형이 된 동작들이
었어요."

그녀의 이야기를 듣고 있자니 절로 고개가 끄덕여졌다.

"자~ 그럼 아침 운동은 여기까지! 참, 한 코치님이 스케줄 다시 한 번 확인시켜 달라고 했으니 샤워하시고 사무실로 오세요."

"네."

샤워를 끝낸 찬열은 곧장 사무실로 이동했다.

정은지도 가볍게 샤워를 했는지 발그레한 볼로 컴퓨터 앞에 앉아 있었다.

"오셨어요? 이쪽으로 앉으세요."

그녀가 가리키는 의자에 앉자 프린터된 종이를 내밀었다.

"한 코치님이 당분간 아침, 점심, 저녁 코스로 가시자고 하셨어요."

"세 번이요?"

"네, 아침에는 저와 같이 요가나 필라테스를 하실 거예요. 전날 어떤 스케줄로 운동을 하셨는지 보고 아침 훈련을 조절할게요."

"네."

"그리고 꼭 세 번 모두 하실 필요는 없다고 하셨어요. 혹시 다른 약속이나 스케줄이 잡히신 게 있으면 말씀만 해주시면 되요."

"알겠습니다."

"참!"

그녀가 다시 싱긋 미소를 지었다.

"우승, 그리고 금메달 획득 축하드려요."

예상외의 축하에 찬열의 입가에도 미소가 지어졌다.

"감사합니다."

* * *

점심시간.

찬열은 한정식 집으로 들어섰다.

"어서 오십시오. 예약하셨습니까?"

"김영재 씨를 만나러 왔습니다."

"아, 이쪽으로 오시죠."

직원의 안내에 따라 도착한 곳은 국화각이라는 별도의 건물이었다.

안에 들어서자 김영재가 자리에서 일어났다.

"정 선수, 어서 오세요."

"잘 지내셨어요?"

간단한 인사를 한 두 사람이 마주보고 앉았다.

그러자 곧 식당 직원들이 들어와 상에 음식들을 가지런히 놓기 시작했다.

"할 이야기는 많지만 일단 식사부터 할까요?"

"좋습니다."

두 사람이 먹기에는 꽤 많은 음식이 정갈하게 차려졌다.

김영재가 먼저 젓가락을 들고 뒤이어 찬열도 식사를 시작했다.

둘이 먹기에는 조금 많은 양이었지만 찬열의 위장은 일반인의 것이 아니었다.

폭풍처럼 음식을 흡입한 그는 부풀어 오른 배를 토닥이며 후식으로 나온 전통차를 음미했다.

"이야~ 역시 운동선수라 그런지 무척 잘 드시네요."

"선수에 따라서 조절을 하는 선수도 있지만 저는 체력이 없으면 버티기 힘들어서요."

"하하! 포수는 아무래도 체력이 뒤를 받쳐줘야겠죠."

김영재는 수정과를 한 모금 마시고 본론을 꺼냈다.

"자, 그럼 이제부터 일 이야기를 해볼까요?"

찬열도 자세를 고쳐 잡았다.

"현재 정찬열 선수에게 들어온 광고 모델 제안은 총 32곳입니다."

"32곳이요?"

예상보다 많은 숫자에 찬열의 눈이 동그랗게 커졌다.

"그중에 TV에 내보내는 CF 모델은 5건으로 줄일 수 있습니다. 나머지는 대부분 오프라인 광고를 제안했습니다."

"아~"

"제 생각에는 시기상 그 광고들을 모두 촬영하는 건 어려울 거 같습니다. 또한 제안 금액도 천차만별인 데다가 이미 지상의 문제도 있는 광고가 몇 군데 있습니다."

야구 선수는 실력으로 말한다.

그렇다고 이미지를 무시해도 된다는 건 아니다.

야구 선수도 공인이기에 야구장 밖에서 언동에 조심해야 했다.

실제로 물의를 빚어 영구 제명을 당한 선수도 있었다.

김영재는 두 장의 프린터물을 꺼냈다.

"이건 광고를 제안한 전체 회사의 명단입니다. 그리고 이쪽은 제가 추려낸 회사들입니다."

찬열이 프린터물을 집어 찬찬히 읽어 내려갔다.

"CF 모델은 최대 2곳, 최소 1곳은 반드시 하는 게 좋을 거 같습니다. 그리고 오프라인 광고는 3곳 정도로 추렸습니다."

"한 번쯤 들어본 회사들이네요."

"천천히 살펴보시고 연락을 주시면 회사들과 개별적으로 미팅을 잡도록 하겠습니다. 운동에 방해가 되실 테니 정찬열 선수는 최종 계약서를 확인하고 사인하실 때만 방문하는 쪽으로 하는 건 어떻습니까?"

"그게 좋겠네요."

"그럼 그렇게 일을 진행하도록 하겠습니다."

* * *

찬열의 훈련은 점점 강도를 더해갔다.

남들이 보기에는 오버워크에 가까운 운동량이었다.

하지만 한영호는 아슬아슬하게 선을 지키는 선에서 훈련을 진행했다.

게다가 아침이면 뭉친 근육을 풀어주는 정은지의 특별 수업도 한몫 단단히 했다.

유연성이 늘어나면서 비명을 지르는 근육까지 안정을 찾으니 일석이조의 효과를 볼 수 있었다.

그렇게 이 주일쯤 지나가자 찬열의 몸에는 다시 근육들이 자리를 잡아가기 시작했다.

"오늘부터는 벌크업에 들어갈게요. 무리를 하지 않는 선에서 천천히 하죠."

한영호의 지도 아래 찬열의 몸만들기는 점점 그 성과를 드러내고 있었다.

그사이 찬열은 두 개의 오프라인 광고 촬영도 진행했다.

수익은 큰 편이 아니었지만 야구 용품이 필요한 학교에 일정 금액 이상의 용품을 지원해 준다는 조건에 바로 도장을 찍었다.

물론 찬열의 용품 역시 지원을 해주고 말이다.

그렇게 착실한 하루하루를 보내던 어느 날.

찬열의 전화가 울렸다.

"예, 감독님."

바로 이동건의 전화였다.

* * *

전화를 받고 간 곳은 구단 사무실이었다.

선수들은 휴식을 취하거나 개인 훈련을 취할 시기지만 코칭스태프는 매일같이 출근하고 있었다.

방학에 학생들은 쉬는데 선생님들은 출근하는 것과 같았다.

감독실 앞에 도착한 찬열이 문을 두드렸다.

똑똑-!

"들어와라."

문을 열자 자리에서 일어나는 이동건이 보였다.

"감독님, 안녕하십니까?"

"그래, 자리에 앉아라."

이동건이 상석에 앉자 찬열이 그의 옆에 자리했다.

"그사이에 몸이 많이 좋아졌구나."

"내년 시즌을 대비해서 조금씩 몸만들기에 들어갔습니다."

"음, 좋은 자세다. 지금 시기에 제대로 몸을 만들어야 스프링캠프에서 페이스를 끌어올릴 수 있지."

잠시 말을 멈춘 이동건이 바로 본론을 꺼냈다.

"오늘 이렇게 오라고 한 거 다름이 아니라 내년 시즌 스프링캠프 때문이다. 이미 예상했겠지만 이번에도 참가하게 될 거다."

이동건의 말에 찬열의 얼굴에 의아함이 나타났다.

건방진 생각일 수도 있지만 그의 캠프 참가는 당연한 문제였다.

홈런왕인 그가 캠프에서 빠진다는 게 오히려 이상한 일이었다.

"그리고 캠프에 인스트럭터로 조니 벤치가 참여하기로 했다."

찬열은 순간 숨이 턱 막혔다.

너무 놀라서 말을 하는 게 불가능할 정도였다.

"놀랐나 보구나?"

"사실 믿기지 않습니다. 그렇다고 감독님이 제게 거짓말을 할 이유가 없지만…… 그만큼 믿기 어려운 말입니다."

이랬다저랬다 하는 찬열의 대답에 이동건의 입가에 미소가 그려졌다.

그런 찬열의 마음도 이해가 됐다.

조니 벤치.

60년대 데뷔하여 80년에 은퇴한 전설적 포수다.

메이저리그 역사상 가장 완벽한 포수라고 평가받는 그는 요기 베라의 리더십, 이반 로드리게스의 수비 그리고 마이크 피아자의 장타력을 모두 보유한 선수였다.

그런 선수에게 가르침을 받을 수 있는 기회다.

어떤 선수라도 놀랄 것이다.

"내가 미국에 지도자 교육을 떠났을 때 우연찮게 인연을 쌓을 수 있었다. 그 인연으로 이번에 우리 캠프에서 일주일 간 인스트럭터로 조언을 해주기로 했다.

"그…… 렇군요."

"이 이야기를 꺼내는 이유를 잘 알 거라 믿는다."

전설의 가르침이다.

그걸 받기 위해서는 준비를 철저히 해야 했다.

이동건은 많은 신인을 봐왔다.

그중에는 찬열처럼 첫 시즌에 대단한 성공을 거둔 선수들이 있었다.

그리고 그들 중 일부는 다음 시즌에서 제대로 된 활약을 펼치지 못했다.

들뜬 마음을 가라앉히지 못하고 비시즌 기간에 훈련을 하지 않았기 때문이다.

2년 차 징크스라는 말이 생긴 이유이기도 했다.

"예, 잘 알겠습니다."

찬열은 각오가 단단히 들어간 얼굴로 고개를 끄덕였다.

이동건은 만족스런 미소를 지었다.

\* \* \*

잠시 후.

구단을 나온 찬열이 하늘을 올려다봤다.

찬바람이 부는 겨울 날씨였지만 하늘은 그 어느 때보다 화창했다.

"조니 벤치라니……."

찬열에게는 우상이 두 명이 있다. 바로 요기 베라와 조니 벤치였다.

"그런 사람을 내가 만난다고?"

찬열의 얼굴에 들뜬 표정이 나타났다.

"이럴 때가 아니야. 한시라도 빨리 몸을 만들어야겠어."

최고의 몸 상태에서 최고의 가르침을 받겠다. 그렇게 마음먹은 찬열의 발걸음은 피트니스 센터로 향했다.

12월이 끝나갈 무렵.

찬열은 강남에 위치한 스튜디오의 대기실에 있었다.

메이크업을 하는 그의 뒤로 스태프들이 바쁘게 지나다녔다.

덕분에 정신이 없었다.

그것을 눈치챈 듯 메이크업을 해주는 여인이 웃으며 말을 걸었다.

"정신없으시죠?"

"조금 그러네요. 원래 스튜디오라는 곳이 이렇게 바쁜가요?"

"원래 좀 그래요. 찬열 씨 촬영 끝나면 바로 다음 스케줄에 들어가야 되니까요. 초 단위로 움직여야지 겨우 맞출 수 있어요."

그 뒤로도 대화를 하며 대략적인 스튜디오의 분위기를 알 수 있었다.

이곳에서 일한 지 오래된 건지 아니면 업계에서 경력이 풍부한 건지 꽤 자세한 정보를 얻을 수 있었다.

"자칫 잘못하면 하루 종일 찍을 수도 있어요."

저 말이 제일 무서웠다.

도대체 어떻게 하면 CF 광고를 하루 종일 찍게 되는 걸까?

'고작 한 장짜리인데…….'

CF 대본을 바라보던 찬열의 눈에 의문이 나타났다가 사라졌다.

그러거나 말거나 여인은 빠른 손놀림으로 찬열의 메이크업과 헤어 스타일링을 마무리 지었다.

"오~ 역시 프로의 손길은 다른데요? 인물이 확 사는 느낌입니다."

어느새 다가온 김영재가 말했다.

그의 말대로 찬열의 외모는 많이 세련되어져 있었다.

막상 2010년도를 살았던 찬열에게는 옛날 스타일이지만 그런가 보라고 생각했다.

"자~ 다 됐습니다."

"감사합니다."

"정말 감사하면 사인 한 장 부탁할게요!"

여인의 말에 찬열이 미소를 지으며 고개를 끄덕였다.

어디선가 가져온 종이에 사인을 해준 찬열은 여인에게 고개를 숙이고 스튜디오로 향했다.

"곧 촬영을 시작한다고 합니다. 첫 촬영이라 힘들 수도 있습니다."

"다들 그러는데 CF 촬영이 그렇게 힘든가요?"

"음, 저번에 야구 상품 모델 촬영을 했었죠? 그때는 어떻던가요?"

"힘들긴 했지만 나름 할 만했어요. 3시간이나 걸린 게 예상외였지만요."

"그렇군요. 예상이긴 합니다만 딱 열 배 정도 힘들 겁니다."

찬열이 웃었다.

농담이라 생각한 것이다.

하지만 본 촬영에 들어간 찬열은 후회했다.

"한 번 더 갈게요~"

"미소를 조금 더 짙게!"

"스윙을 너무 강하게 하지 말고 조금 천천히 할게요!"

"찬열 씨 땀 좀 닦아드려!"

"오케이, 수고하셨습니다!"

수십 번의 반복과 촬영이 이어졌다.

시간은 고작 두 배였지만 체력 소모는 열 배가량 힘들었다.

'농담이 아니었어!'

그래도 어쨌든 끝이 났다.

"찬열 씨 고생했어요."

"와…… 이거 정말 중노동이네요."

"하하! 그래도 이건 약과입니다. 어떤 광고에서는 철야로 촬영을 하는 경우도 있어요. 저 감독님도 꽤 하드한 분으로 알려져 있는데 의외로 오늘 일찍 끝내주네요."

"제 연기가 뛰어나서 그런 거 아닐까요?"

찬열의 농담에 김영재의 얼굴에 난감한 표정이 나타났다.

"농담이었습니다."

"하…… 하하. 그, 그렇죠? 원체 농담을 안 하시던 분이라…….."

"찬열 씨!"

어색한 분위기가 감돌려는 찰나.

구원자가 나타났다.

세련된 옷차림에 턱수염을 기른 CF 감독이었다.

"아, 감독님. 수고하셨습니다."

인사를 하는 찬열의 눈에 그의 손에 들린 글러브가 보였다.

"이야~ 이거 KBO의 괴물 중 한 명을 이렇게 만날 줄은 꿈에도 몰랐습니다. 미안하지만 사인 좀 부탁해도 될까요?"

"물론입니다."

감독이 웃으며 글러브를 건넸다.

투수용인지 웹이 막혀 있었다.

하지만 그것보다 더 눈에 띄는 건 색깔이었다.

"크림색 글러브라. 정말 예쁘네요."

"하하! 그렇죠? 특별 오더 준 겁니다. 요즘 사회인 야구를 하는데 투수를 조금씩 하고 있거든요."

"그렇군요. 볼 집도 잘 잡혀 있고 매우 좋네요."

대화를 하는 사이 글러브에 사인이 멋들어지게 들어갔다.

"감사합니다! 집에 전시해 둬야겠네요!"

웃으며 멀어져 가는 감독의 모습에 찬열이 웃으며 김영재를 바라봤다.

"요즘 사회인 야구를 많이 하나 보네요."

"아직은 인프라가 좁습니다. 무엇보다 야구를 할 곳이 적어요."

"그렇습니까?"

대화를 하며 두 사람은 복도를 거닐었다.

그런 두 사람을 향해 맞은편에서 일단의 무리가 다가왔다.

선두에는 여인이 서 있었고 뒤에는 3명의 남녀가 따랐다.

'마치 공주님의 행차 같군.'

그때 뒤에서 따르던 남자가 앞으로 나와 길을 비키라는 제스처를 취했다.

기분이 퍽 상했지만 괜한 소란은 사절이었다.

옆으로 비켜서자 세 사람이 지나쳐 갔다.

둘은 그들을 지나쳐 출구로 걸어갔다.

"방금 전 저 아가씨, 요즘 인기 있는 걸프렌드의 멤버로군요."

"걸프렌드요? 그 아이돌 그룹인?"

"네, 모르셨습니까?"

"요즘 TV를 자주 보지 않아서요. 골든글러브 시상식장에서 보긴 했습니다만……."

인사도 나누지 않았으니 누군지 알 리 없었다.

무엇보다 8명이나 되는 사람을 어찌 다 알고 지내겠는가?

팬도 아닌데 말이다.

이런저런 이야기를 나누며 두 사람은 곧 스튜디오를 벗어났다.

"이제 공식 일정은 모두 마무리됐습니다. 나머지 광고나 행사는 모두 고사했으니 운동에 전념하시면 됩니다."

"덕분에 일을 편하게 했어요. 감사합니다."

"이게 제 일이니 그런 인사는 괜찮습니다. 그것보다 벌써 언론에서는 2년 차 징크스에 관련해서 이야기가 나오고 있는데 준비는 잘되고 계십니까?"

언론은 자극적인 걸 좋아한다.

당연히 작년 시즌 최고의 활약을 펼친 찬열과 류성일에 대한 기사가 나올 수밖에 없었다.

대부분의 기자는 두 사람이 내년 시즌 부진할 거란 예상을 했다.

특히 찬열에 대한 부정적 의견이 많았다.

가장 큰 이유는 그의 타격 폼이었다.

찬열은 극단적으로 장타를 노리는 타격 폼을 가졌다.

국내에도 많은 거포들이 있지만 찬열만큼 극단적인 선수는 없었다.

"다른 구단에서도 이미 찬열 선수에 대한 분석에 들어간 거 같더군요. 기자들도 그 이유로 내년 시즌에 더 어려울 거라고 하고요."

김영재의 목소리에는 걱정이 한가득이었다.

돈을 위해서라고 하기에는 진심으로 걱정하는 모습이었다.

그래서 찬열도 진심을 살짝 내비쳤다.

"김 대표님, 제 목표가 뭔지 아십니까?"

"목표요?"

김영재는 대답하지 못했다.

지금까지 찬열과 많은 대화를 나누었지만 그가 어떤 목표를 가지고 있는지는 몰랐다.

찬열이 조수석 쪽으로 걸어가며 말했다.

"전 KBO를 통해 메이저리그로 진출하는 첫 번째 선수가 되고 싶습니다."

"충분히 가능한 꿈이군요."

"그리고 메이저리그에서 최초로 골드글러브와 실버슬러거, 마지막으로 명예의 전당에 오르는 선수가 될 겁니다."

김영재의 눈이 커졌다.

찬열이 언급한 모든 것이 최고의 선수에게 주어지는 한정된 트로피들이었다.

그 모든 것을 손에 얻겠다니?

대단한 배짱이었다.

한데 허황되게 느껴지지는 않았다.

자신감 넘치는 그의 말에 정말 그렇게 될 것 같았다.

"그때까지 열심히 도와드리도록 하겠습니다."

"감사합니다."

두 사람은 이내 차에 올랐다.

* * *

광고 일정을 마무리한 찬열은 훈련 페이스를 올렸다.

스프링캠프까지 20일이 남았다.

그 안에 기초공사를 모두 끝내야 했다.

"한 세트 더!"

"예!"

한영호의 외침에 찬열이 30㎏짜리 케틀벨로 스윙을 시작
했다.

"와, 저걸 어떻게 해?"

"미쳤다, 진짜!"

그 모습을 지켜보던 주변의 회원들이 질렸다는 표정을 지
었다.

점점 완성되어가는 찬열의 몸만큼이나 한영호는 내년 시

즌 그의 활약이 기대가 됐다.

'정말 대단한 녀석이야.'

한영호 역시 찬열의 노력에 혀를 내둘렀다.

\* \* \*

20일 뒤.

정장을 차려 입은 선수들이 하나둘 버스에서 내렸다.

대단한 포스를 자랑하는 선수단이 인천공항 안으로 들어서자 팬들은 환호를 내지르고 기자들은 셔터를 눌러댔다.

"정찬열 선수! 두 번째 스프링캠프를 가는 소감이 어떻습니까?"

"벌써부터 2년 차 징크스에 대해서 이야기가 나오고 있는데 준비는 잘 되고 계신가요?"

"꺄아아악! 찬열 오빠!"

"찬열아! 누나들 왔다!"

"정찬열! 정찬열!"

여기저기서 환호성이 터져 나왔다. 대부분이 찬열에 대한 관심이었다. 과한 관심이 부담스럽긴 했지만 찬열은 최선을 다해 답변을 하고 팬들에게 서비스를 했다.

이제는 새삼스럽지도 않은 모습이었다.

'여전히 팬 서비스가 좋군. 그런데 작년보다 몸이 훨씬 좋아진 거 같은데?'

찬열을 고등학생 때부터 봐 온 이민구는 그의 몸을 보며 생각했다.

'준비를 단단히 했나 보군.'

커진 몸만큼이나 올 시즌 찬열의 활약에 기대가 되는 이민구였다.

잠시 후.

와이번스 선수단은 수속을 끝내고 비행기에 탑승했다.

그들의 목적지는 미국 애리조나의 투손이었다.

2년 차 스프링캠프의 시작이었다.

# 8장

## 전설과의 만남

와이번스는 이번 스프링캠프에 평균보다 많은 숫자의 선수를 추가했다. 그중에는 07년 신인 지명 회의를 통해 들어온 신인들도 있었다.

또한 찬열과 함께 06년에 입단한 동기도 몇몇 포함됐다.

선수만 70명이 포함된 대규모였다. 덕분에 2군 코치들도 이번 캠프에 포함이 됐다. 공항에 내린 와이번스 선수단은 곧 전세 버스에 올라 투손까지 이동했다.

호텔에 도착하자 미리 대기하고 있던 직원들이 짐을 옮겼다. 그사이 선수단은 로비에 모여 간단하게 전달 사항을 이야기했다.

"다들 이동하느라 고생이 많았을 텐데 오늘 하루는 푹 쉬겠습니다. 자세한 일정은 내일 공지할 테니 그렇게 알고 시차에 적응하는데 전력해 주세요."

"예!"

시차는 의외로 사람을 빨리 피곤하게 한다.

심한 경우는 분명 밤인데도 눈을 감으면 빛이 보여 잠을 자지 못하는 사람도 있다.

찬열도 그 사실을 잘 알았기에 방에 들어가 잠을 자기 위해 노력했다.

곧 방 안에는 고른 호흡 소리만이 들렸다.

\* \* \*

다음 날.

아침 일찍 일어난 찬열은 곧장 호텔의 피트니스 센터로 들어갔다. 이른 시간이라 사람이 없을 줄 알았는데 먼저 온 손님이 있었다.

그는 바로 박현우였다.

"선배님!"

"어? 벌써 일어났냐?"

"네, 어제 들어가자마자 곯아 떨어졌어요."

"이야~ 부럽다. 난 새벽 3시까지 뒤척이다가 겨우 잠들었는데."

박현우의 옆 러닝머신에 오른 찬열이 의아한 표정을 지었다.

"그럼 더 주무셔야 되는 거 아니에요?"

"아니야, 이럴 때는 아침에 운동을 해서 몸을 피곤하게 만들어야 돼. 그래야 저녁에 더 잠이 잘 오거든."

"아~ 그렇군요."

찬열은 곧 머신을 작동시켜 가볍게 뛰기 시작했다.

그러면서 박현우를 힐끔 바라봤다. 트레이닝복을 입고 있긴 했지만 분명 몸이 좋아진 게 느껴졌다. 전체적으로 몸이 슬림해지고 혈색도 좋아졌다.

'작년 이맘때보다 더 몸 상태가 좋으신 거 같은데……'

찬열의 시선을 느낀 걸까?

박현우가 말했다.

"나이가 들어서 살이 조금만 올라도 무릎이 아프다. 그래서 비시즌 기간에 운동 좀 했어."

"아~"

삐빅-!

박현우는 곧 머신을 중단시키고 내려왔다.

"작년에 마스크 쓰느라 고생했었지? 올해는 그렇게 고생하지 않아도 될 거다."

툭—!

찬열의 등을 툭 친 박현우가 센터를 빠져나갔다. 홀로 남은 찬열은 박현우의 말을 곱씹었다.

'그렇게 고생하지 않아도 된다고?'

선전 포고였다.

레전드인 박현우가 자신을 라이벌로 인정한 것이다.

"저 역시 녹록치 않을 겁니다."

삐—!

삐—!

삐—!

찬열은 머신의 속력을 올리며 전력으로 달리기 시작했다.


캠프의 시작은 적응이었다. 시차, 환경, 음식 등 모든 부분에서 적응해야 했다.

음식은 그나마 구단에서 한식을 준비해서 어려움이 적었다. 하지만 시차나 환경은 달랐다. 사막 지역인 투손은 당연히 겨울인 한국보다 더웠다. 게다가 시차에 어려움을 겪는 선수도 있었다.

그러나 일주일이 지나자 대부분의 선수들이 환경에 적응했다. 시차 역시 정상을 찾으며 훈련에 속도를 붙였다.

그리고 열흘이 되는 날.

"오늘부터 연습 경기를 치르도록 하겠다. 백팀과 청팀으로 나뉘어 하루에 2경기를 진행한다. 명단은 호텔 로비에 붙여 둘 테니 참고하도록."

오전 훈련이 끝나고 선수들이 로비에 모였다.

두 장의 A4용지가 알림판에 붙여져 있었는데 거기에는 선수들의 이름이 적혀 있었다.

각자 팀을 확인한 선수들이 삼삼오오 모여 이야기를 나누었다.

'난 백팀이군. 멤버들을 보면 1군과 2군이 적절히 섞여 있다. 밸런스가 좋은 조합이야.'

백팀에는 익숙한 이름이 다수 보였다.

'태식이와 태현이가 같은 팀이군.'

두 사람은 찬열과 함께 와이번스에 입단한 동기들이다. 모두 고졸 선수로 작년에도 캠프에 같이 합류를 했었다.

찬열은 1군 두 사람은 2군에서 뛰었기에 캠프 이후에는 만날 일이 없었다.

"이야~ 찬열이가 내 공을 받아주는 건가?"

익숙한 목소리에 고개를 돌렸다.

김태현이었다.

찬열의 뒤를 이어 2차 1지명으로 뽑혔다. 그만큼 실력이 있었다.

'호랑이도 제 말하면 온다더니.'

"연습 경기 시작하기 전에 합이나 맞춰볼까?"

"좋지."

찬열이 고개를 끄덕였다. 두 사람은 곧장 실내 불펜장으로 향했다.

몇몇 선수가 공을 던지고 있는 게 보였다.

대부분 선배들이었기에 두 사람은 인사를 하고 한쪽에 자리를 잡았다.

"사인은?"

"인마! 1군이 우습게 보이냐? 그냥 던져."

가벼운 농담에 김태현이 피식 웃었다.

"놓치면 밥 사는 거다."

"콜!"

찬열이 자리를 잡고 앉았다. 보호 장구는 없었다. 그렇다고 김태현을 무시하는 것도 아니었다.

'어차피 연습이다. 전력투구는 없을 거…….'

뻥-!

와인드업과 함께 김태현이 공을 던졌다. 매서운 속도로 날아온 공이 미트에 박혔다.

"휘유-!"

"죽이네."

옆에 있던 선배들이 감탄을 터뜨렸다. 이해가 됐다. 그만큼 빠른 공이었으니까.

찬열은 미트에서 공을 빼 다시 김태현에게 던졌다.

퍽-!

"얌마! 살살 던져라. 그러다 내일 공 던질 때 힘 빠진다."

"벌써 우는 소리냐?"

은근 시비를 거는 느낌이다. 찬열은 대수롭지 않게 생각했다.

'동기인 내가 1군에서 활약하는 게 질투 좀 나겠지.'

프로선수는 하나같이 자존심이 강하다. 그러다 보니 동기가 자신보다 앞서 나간다면 질투를 한다.

김태현도 그럴 것이다.

'뭐, 질투가 원동력이 되어서 발전하면 좋은 거니까.'

찬열이 다시 미트를 내밀었다.

와인드업과 함께 날아온 공이 미트에 박혔다.

뻥-!

'큭! 손맛 죽이네.'

미트 안에서 회전하는 공의 위력이 심상치 않았다.

\* \* \*

뻥-!

"스트라이크! 아웃!"

"오오오오!"

"벌써 몇 개째야?"

"오늘 공 죽이는데!"

양쪽 더그아웃에서 동시에 감탄이 터져 나왔다. 다시 공을 던져 주는 찬열 역시 놀라울 지경이었다.

'어제 공이 그렇게 좋더니 사고 치네.'

벌써 7타자 연속 삼진이다.

5회 초 마운드에 올라온 김태현은 2와 1/3이닝을 무실점으로 막았다.

그리고 7명의 타자를 연속으로 삼진으로 처리했다.

'투구 수도 고작 25개고.'

첫 3타자는 모두 삼구삼진으로 잡았다.

"감독님, 방금 던진 공이 오늘 최고 구속입니다."

"얼마지?"

투수 코치인 백성원이 다시 한 번 스피드건을 확인했다.

"150㎞입니다."

"오오……."

주변에 있던 선수들이 감탄을 터뜨렸다.

이제 1월 말이다.

그런데 벌써 150㎞라는 건 엄청난 속도였다.

"2군에서 평균 구속은?"

"148㎞였습니다."

평균 구속을 들으니 다른 정보들도 떠올랐다.

'2군에서 최고 구속이 154㎞였지. 문제는 제구력과 위기관리 능력인데.'

이동건의 눈이 차분해졌다.

150㎞가 넘는 강속구.

1군에서도 보기 힘든 구속이었다.

그럼에도 김태현이 1군에 올라오지 못했던 건 이동건의 뜻이다.

'어디 얼마나 고쳐졌나 볼까.'

이동건의 손이 빠르게 움직였다.

그의 사인은 곧 3루 주루 코치에게, 코치는 선수에게 전달했다.

사인을 받은 타자가 타석에 섰다.

'배트를 평소보다 더 짧게 쥐었다.'

타자는 1군의 붙박이 리드오프인 김대우였다. 빠른 발, 뛰어난 콘택트 능력을 지닌 선수다. 무엇보다 선구안이 좋아 볼넷 역시 많이 얻어내는 타입이었다.

그런 김대우가 배트를 평소보다 짧게 쥐었다.

'무조건 나가겠다는 생각이군.'

찬열이 공의 배합을 변경했다.

지금까지 포심 위주로 정면승부를 펼쳤다면 이번에는 변화구로 유인구 승부를 선택했다.

'아래로 떨어지는 커브.'

사인을 내는 순간 김태현이 고개를 저었다. 살짝 눈살을 찡그린 찬열이 다시 한 번 사인을 냈다.

'몸 쪽을 파고드는 슬라이더.'

이번에도 고개가 좌우로 움직였다.

찬열의 얼굴이 굳어졌다.

김태현이 던질 수 있는 변화구는 많지 않았다. 이제 남은 건 체인지업 정도. 문제는 노카운트에 그걸 선택할 수 없단 것이다.

'후우─! 눈도장을 찍어야 된다, 이건가?'

스프링캠프는 기회의 장이다.

어떻게든 감독과 코치들의 눈에 띄어야 정규시즌에서 기회를 얻을 수 있다. 그래서 김태현도 눈에 띌 생각이었다.

'1군 타자들을 정면승부로 누르겠다. 이거지?'

의도를 읽은 찬열이 잠시 자리에서 일어났다.

그리고 마스크를 벗어 땀을 닦고는 다시 자리에 앉았다.

'좋아, 원하는 대로 해줄게.'

이럴 때 투수의 고집을 받아주는 것도 포수가 할 일이었다.

다시 사인을 냈다.

'바깥쪽 낮은 코스, 포심.'

이제야 김태현이 만족스럽게 미소를 지었다.

와인드업과 함께 그의 손에서 공이 떠났다.

딱-!

기다렸다는 듯 배트가 돌아갔다.

하지만 밀렸다.

공은 파울라인 밖으로 날아갔고 김대우가 아쉽다는 듯 혀를 찼다.

김태현의 미소가 짙어졌다. 자신의 공이 어떠냐고 묻는 것 같았다. 자신감 넘치는 표정이 꽤나 인상적이었다.

하지만 그것도 잠깐이었다.

딱-!

딱-!

딱-!

김대우는 계속해서 공을 커트해 냈다. 일곱 개째 커트가 되면서 김태현도 고집을 버렸다.

변화구를 선택했지만 김대우는 스트라이크존에 비슷하게 들어오는 공은 커트를, 벗어나는 공에는 배트를 돌리지 않았다.

경험이 적은 투수를 흔들기에는 충분한 괴롭힘이었다.

뻥-!

"베이스 온 볼!"

결국 볼넷이 나왔다. 1루가 채워졌다.

"괜찮아! 더블플레이 노리자!"

찬열이 큰소리로 외쳐 김태현을 격려했다. 하지만 굳어진 표정은 쉽사리 풀어질 생각을 못했다. 로진을 손에 묻히는 그의 행동에는 초조함이 역력하게 드러났다.

'위험한데.'

마운드에 막 올라가려던 찰나.

1루 주루 코치가 사인을 냈다.

'내버려 둬.'

주루 코치는 상대편이다. 하지만 연습 경기이니 사인이 나오기도 했다. 그런데 그 내용이 의외였다.

'태현이를 시험하는 건가?'

찬열이 고개를 돌려 청팀 쪽 더그아웃을 바라봤다.

때마침 자신을 보고 있는 이동건과 눈이 마주쳤다.

이동건이 작게 고개를 끄덕였다.

자신의 예상이 맞았다는 걸 확인한 찬열은 다시 마스크를 썼다.

'아무래도 너 스스로 이겨내야겠다.'

이건 김태현에 대한 시험이었다.

* * *

결론만 말해 김태현은 시험에서 떨어졌다.

2와 1/3이닝을 완벽하게 막은 것과 달리 김대우가 주자로 나가자 김태현은 흔들렸다.

제대로 제구가 되지 않았고 구속도 떨어졌다.

이유는 명확했다.

주자를 신경 쓴 나머지 퀵 모션이 너무 빨랐다. 덕분에 허리 회전이 빨라지고 릴리스 포인트가 뒤에서 형성됐다.

타자에 집중하지 못한 것도 이유 중 하나였다. 원인을 알았으니 고치면 됐다. 문제는 정신적인 부분은 쉽게 손볼 수 없다는 점이었다.

투수 코치가 옆에 붙어 지도를 같이 했지만 김태현은 이틀 연속 이어진 연습 경기에서 볼넷을 연발했다.

그러다 보니 삼 일째에는 아예 마운드에 오르지 못했다. 당장의 등판은 무의미하다는 이동건의 판단에서였다.

반면에 찬열은 매일같이 경기에 나서며 타격감을 조금씩 끌어올렸다.

'비시즌 기간의 훈련이 효과를 발휘하는군.'

작년보다 더욱 빠른 페이스 상승에 찬열은 만족감을 드러냈다.

3일 연속 선발로 출전해 9타석 7타수 7안타 2볼넷을 얻어 낸 찬열의 타격감이 절정에 오른 건 4일 째였다.

'주자는 만루……'

타석에 들어서기 전 찬열의 시선이 내야를 살폈다.

루상에는 주자가 가득 들어차 있었다. 그의 시선이 전광판에 향했다.

'7회 말, 만루 홈런 한 방이면 바로 역전이군.'

투아웃에 3 대 0으로 끌려가는 상황.

앞선 두 타석에서는 모두 볼넷을 골라 나간 덕분에 아직까지 안타 맛을 보지 못했다.

덕분에 몸이 근질근질했다. 타석에 서자 심판의 콜이 들려왔다. 뒤이어 타자가 고개를 끄덕이고 투수판을 밟았다.

"후우-!"

깊게 숨을 몰아쉰 찬열이 배트를 쥐었다.

"흡!"

타닥-!

투수의 발이 마운드를 내딛었다.

동시에 허리가 돌아가면서 팔이 채찍처럼 뻗어 나와 빈 공간을 때렸다.

쐐애애애액-!

마운드와 홈 플레이트의 거리를 급격히 좁히며 공이 빠른 속도로 날아왔다.

그 순간 찬열의 허리가 돌아갔다. 군더더기 없는 동작이었다.

딱―!

그리고 그 스윙이 만들어낸 타구는 멀리 날아가 그대로 담장 밖으로 사라졌다.

"와아아아!"

"만루 홈런!"

"죽이네!"

더그아웃이 난리가 났다.

그라운드를 도는 찬열이 미소를 짓는 반면 마운드 위의 투수는 애꿎은 흙을 발로 찼다.

그 모습을 지켜보는 김태현의 눈이 차분하게 가라앉았다.

\* \* \*

"수고하셨습니다!"

그라운드에 우렁찬 함성이 들렸다.

4일째 연습 경기가 끝났다.

승리는 백팀.

결승 타점은 찬열의 것이었다.

만루 홈런 이후 교체된 찬열은 이번 승리의 일등 공신이었다.

더그아웃으로 돌아온 그는 짐을 가방에 넣기 시작했다. 막 마스크를 넣으려는 찰나. 그의 머리 위로 그림자가 드리웠다. 고개를 돌리자 김태현이 보였다.

"잠깐 이야기 좀 하자."

대답을 하기도 전에 그가 몸을 돌려 멀어져 갔다. 의아한 표정을 짓던 찬열이 이내 그의 뒤를 따랐다. 김태현은 인적이 드문 곳에서 걸음을 멈췄다.

맞은편에 찬열이 서자 김태현이 바로 본론을 꺼냈다.

"찬열아, 나 좀 도와주라."

방금까지 굳어 있던 김태현의 얼굴에 절박함이 드러났다.

"무슨 소리야? 갑자기 도와달라니?"

"사실은……."

김태현이 사정을 이야기했다.

투수 코치와 함께 훈련을 하면서 자신의 약점을 찾아냈다. 예상대로 정신력 문제였다.

"주자가 나가면 너무 신경이 쓰인다. 타자에게 집중할 수가 없어. 그러다 보니 제구가 흔들리고 밸런스가 무너진다."

멘탈은 야구에서 가장 중요하다.

특히 투수에게 멘탈이 약하다는 건 크나큰 약점이다.

"어떻게든 평정심을 가지려고 하지만 그게 잘 되지 않아. 코치님도 이 부분은 혼자서 이겨내야 된다고 하더라."

찬열이 난감한 표정을 지었다. 원인은 알았지만 자신은 투수가 아니다. 어떻게 도움을 줘야 될지 알 수 없었다.

그걸 읽었는지 김태현이 다급하게 말을 덧붙였다.

"너한테 원하는 건 하나야. 도대체 어떻게 하면 방금 같은 상황에서도 침착하게 너처럼 스윙을 할 수 있는 거야?"

방금 같은 상황이라면 만루 찬스를 이야기하는 것일 테다.

잠시 고민하던 찬열이 결심을 한 듯 입을 열었다.

"난 투수가 아니야. 너한테 도움을 줄 수 있는 말을 내가 해줄 수 없어. 해주고 싶어도 사실 답도 모르고 말이야."

"하지……."

찬열이 손을 들어 김태현의 말을 막았다.

"단지 내가 침착할 수 있는 이유만은 알려줄 수 있어."

김태현이 눈을 빛냈다.

"너 며칠 동안 나랑 같이 훈련하자."

순식간에 그의 눈에 황당한 감정이 나타났다.


사람을 가르친다는 건 매우 힘든 일이다.

특히 동년배나 나이 차이가 많지 않는다면 더욱 그랬다.

내가 옳은 말을 하더라도 상대가 듣지 않기 때문이다. 그렇다면 어떻게 해야 될까? 무시가 가장 좋은 방법이다. 하지만 상대를 무시하기에는 마음이 쓰인다면?

차선책으로 직접 깨닫게 해주는 것이다.

찬열은 차선을 선택했다.

"흐아암~ 이렇게 일찍부터 운동을 하는 거야?"

엘리베이터에 탄 김태현이 졸린 눈으로 비벼댔다. 아직 잠이 덜 깬 모습이다.

그럴 만도 했다.

지금 시간은 새벽 5시였다. 하루를 시작하기에는 충분히 이른 시간이었다.

"원래는 4시부터 시작한다. 네가 늦게 일어나서 조금 미뤄진 거야."

"와⋯⋯."

감탄을 하지만 그리 귀담아 듣는 눈치는 아니다. 그저 '부지런한 녀석이구나' 정도로 생각하는 듯했다. 찬열은 구태여 설명을 더하지 않았다.

'내가 해줄 수 있는 건 스타트라인에 데려가는 거야. 거기서 달리는 건 알아서 할 문제지.'

동기이기 때문에 이 정도까지 해주는 것이다.

딩동―

피트니스 센터가 있는 층에 도착했다.

엘리베이터에서 내려 복도를 조금 걷자 센터가 나왔다. 안으로 들어가자 몇몇 선수가 운동을 하고 있었다. 두 사람은 그들에게 인사를 하고 러닝머신에 섰다.

"선배님들은 원래 이렇게 일찍 운동을 하시는 건가?"

"개인마다 달라. 일찍 몸을 푸는 타입도 있고 느긋하게 하는 타입도 있으니까."

"그렇구나."

고개를 끄덕이는 김태현을 뒤로하고 찬열은 달리기 시작했다.

잠시 뒤.

본격적인 운동이 시작되자 김태현은 비명도 지르지 못했다.

땀은 비 오듯 흘렀고 팔다리가 무거워지기 시작했다.

'이게 아침 운동이라고?'

믿기지 않는 강도였다.

더욱 믿기지 않는 건 찬열이 너무나 쉽게 운동을 소화하고 있다는 점이다.

아니, 오히려 자신보다 더욱 난이도가 높았다.

'염병……'

김태현이 입술을 깨물고 다시 몸을 움직였다.

프로선수는 하나같이 승부욕이 강하다.

특히 동기들에게 느끼는 라이벌 의식은 일반인의 상식을 초월한다.

겉으로는 웃고 있어도 동기가 한 발이라도 앞에 나가 있다면 어떻게든 따라 잡으려 한다.

그랬기에 김태현은 이를 악물고 찬열의 스케줄을 따라갔다. 그 모습을 지켜보며 찬열은 작은 미소를 지었다.

'이거면 됐어.'

* * *

연습 경기는 매일 진행됐다.

실전 감각을 끌어올리는 것에 시합만큼 좋은 건 없으니 말이다. 매일같이 경기에 나가는 찬열과 달리 김태현은 벤치를 달구기만 했다.

대규모 선수단은 겉으로 봤을 때는 화려하지만 선수들의 입장에서는 달갑지 않은 일이었다.

특히 자리를 잡지 못한 선수들은 더욱 그랬다. 경쟁자만 늘어난 거니 당연했다. 또한 한 번 기회를 잃으면 다시 잡기가 어려웠다.

기회를 줘야 될 선수가 많기 때문이다. 그래도 김태현은 진득하게 기다렸다.

'반드시 기회는 온다. 그때 잡으면 돼. 지금 해야 될 건 준비하는 거다.'

다시 한 번의 기회.

그것을 잡기 위해 김태현은 그 힘든 훈련을 견디고 있었다.

하루가 또 지났을 때.

캠프장에 거물이 찾아왔다.

"오늘부터 우리와 함께할 조니 벤치입니다."

"헬로우."

건장한 체격의 중년 백인이 사람 좋은 미소와 함께 손을 흔들었다. 그를 보는 선수들의 반응은 제각각이었다. 하나 확실한 건 모두 놀랐다는 것이다.

'조니 벤치를 직접 만나게 되다니.'

찬열 역시 마찬가지였다.

미국에서 야구를 했지만 레전드 플레이어를 만날 기회는 없었다.

우상인 조니 벤치 역시 오늘이 처음 보는 것이었다.

"조니는 앞으로 일주일 동안 타격 인스트럭터로 같이 생활할 계획입니다. 레전드의 지도를 받을 수 있는 기회가 흔하지 않으니 최대한 많은 가르침을 받도록 하십시오."

이동건이 조니를 바라봤다.

그는 가볍게 고개를 끄덕이고는 한 발 앞으로 나섰다.

"조니입니다. 내 친구 미스터 리의 부탁으로 왔습니다. 질문이 있다면 언제든지 환영입니다. 난 적극적인 남자를 좋아해요! 하하!"

영어로 말했지만 통역이 바로 한국어로 이야기해 주었기에 선수들도 따라 웃었다.

찬열은 그런 조니를 바라보며 주먹을 불끈 쥐었다.

* * *

이동건은 훈련 일정을 변경했다.

오전의 체력 훈련의 비중을 줄이고 그 시간에 타격 훈련을 진행했다.

조니 때문이었다. 하지만 의외로 조니는 열정적으로 가르치지 않았다. 아니, 오히려 철제 의자에 앉아 그라운드를 주시할 뿐 이렇다 할 움직임이 없었다.

선수들은 물론이거니와 코치들도 당황했다.

하나 이동건만은 그런 조니를 바라보며 알 수 없는 미소를 지었다.

정오가 가까워졌지만 조니는 한 번도 선수에게 다가가지 않았다.

몇몇 선수가 의구심 어린 눈으로 그를 바라볼 때였다.

"조니."

"응?"

무료한 표정으로 앉아 있던 조니가 고개를 돌렸다.

거기에는 찬열이 서 있었다.

"제 타격 좀 봐주겠어요?"

유창한 영어에 조니의 눈이 약간 커졌다.

하지만 이내 사람 좋은 미소를 지으며 거구의 몸을 일으켰다.

"좋아!"

두 사람은 비어 있는 배터 박스로 향했다.

그러자 사람들이 하나둘 모여들었다.

"다들 연습은 안 하고 구경꾼이 되었군!"

"하하! 푸우처럼 앉아만 있던 조니가 움직이니 다들 기대가 되는 거겠죠."

조니가 의구심이 어린 시선으로 찬열을 바라봤다.

"자네는 내가 아는 동양인들과 조금 다르군. 혹시 미국에서 살았나?"

"토종 한국인입니다. 미국은 작년에 처음 가봤어요."

"그래? 이상하군. 뭐, 상관없지. 준비가 끝난 거 같은데 어디 한번 프리배팅을 해봐. 그다음에 문제에 대해 이야기를 하지."

"알겠습니다."

어느덧 마운드에 배팅볼 투수가 올라왔다. 찬열이 배터 박스에 서자 투수가 곧 공을 던졌다.

본래 프리배팅에서는 처음 몇 개의 공은 그냥 보낸다.

이유는 공에 익숙해지기 위해서다.

하지만 찬열은 기다리지 않았다.

딱─!

"그레이트!"

호쾌한 스윙과 함께 공이 담장을 넘어갔다.

초구부터 넘어가자 몇몇 선수가 감탄을 터뜨렸다.

조니 역시 놀란 눈치였다.

하지만 그건 시작에 불과했다.

찬열은 날아오는 공을 모두 쳐 냈다.

그리고 그 공들은 여지없이 담장 밖으로 날아갔다.

30개의 공을 쳐서 25개가 넘어갔다.

엄청난 수치였다.

처음으로 캠프에 참가한 선수들은 입이 떡 벌어져 닫지 못
했다.

다른 선수들 역시 질렸다는 표정이다.

"엑설런트! 정말 대단한 스윙이야! 파워, 스피드, 콘택트
까지! 모든 게 완벽해. 나보고 타격을 봐달라고? 아니지, 자
네가 날 가르쳐 줘야 돼!"

조니의 입에서 극찬이 쏟아졌다. 하지만 찬열이 원하는 건
그게 아니었다.

"설마 가르쳐 줄 게 아무것도 없는 건 아니겠죠?"

도발적인 말투였다.

만약 한국의 레전드에게 저런 식으로 말했다면 욕설이 날아왔을 것이다. 영어가 가능한 몇몇 선수와 코치들의 얼굴이 굳어진 것만 봐도 알 수 있었다. 하지만 이동건은 흥미로운 표정으로 두 사람을 지켜봤다.

그때 조니가 씩 웃으며 고개를 저었다.

"물론 아니지."

그가 한쪽에 서 있던 나무 배트를 들었다. 순간 주변이 술렁였다.

조니는 신경도 쓰지 않고 타석으로 걸어왔다. 찬열이 한쪽으로 비켜섰다.

"자네는 완벽해. 타격에 필요한 모든 걸 타고났어. 하지만 기술적으로는 보완할 부분이 있어."

조니가 손을 들어 배팅볼 투수에게 신호를 주었다.

간단한 수신호였기에 투수가 고개를 끄덕였다.

긴장했는지 공이 연달아 스트라이크존을 벗어났다.

하지만 그것도 잠시.

곧 조니의 입맛에 맞는 공이 들어왔다.

딱―!

배트가 매섭게 돌아갔다.

경쾌한 소리와 함께 날아간 공이 그대로 담장을 넘어갔다.

'노인이 홈런을 쳐?!'

조니 벤치는 47년생이다.

한국 나이로 따지면 환갑이었다.

그런데 담장을 넘기다니?

만약 눈으로 직접 보지 못했다면 우스갯소리로 치부했을 것이다.

하지만 조니는 거기서 멈추지 않았다.

딱―!

딱―!

딱―!

10개의 공을 때려 5개나 홈런을 만들어냈다.

엄청난 수치였다.

"휘유―! 나이가 드니 이제 담장을 넘기는 것도 힘드네."

이 말을 알아들은 이들이 질렸다는 표정을 지었다. 찬열 역시 놀라기는 마찬가지였다.

하지만 조금 다른 의미로 놀랐다.

"스윙에 별로 신경 쓰지 않으시군요."

"당연하지. 프리배팅이지 않나?"

"음……."

의외였다.

메이저리그의 레전드 플레이어인 조니의 스윙이라고 하기에는 너무나 엉망이었다.

기대를 했기에 약간의 실망이 찾아왔다.

"실망을 했나 보군."

"예, 조금."

솔직하게 이야기했다. 괜히 말을 돌리면 오히려 오해를 사기 좋다.

"하하! 난 오히려 자네가 이상해."

"예?"

"자네의 스윙은 마치 교과서 같아. 왜 그렇게 인 앤 아웃에 신경을 쓰고 당겨 치기 위해 노력을 하는 거지?"

"그거야……."

그게 정석이니까요.

말이 목젖을 건드렸지만 이야기하지 않았다.

조니가 저런 말을 한 이유가 있다고 생각해서였다.

그가 웃으며 말을 이었다.

"다른 선수라면 그렇게 해야 돼. 하지만 자네는 아니야. 이미 타고난 게 많아. 출발선이 다르다는 거지. 그런 상황에서 다른 선수들처럼 정석처럼 한다? 그건 아니라고 봐."

조니가 배트를 원래 자리에 놓고 걸음을 옮겼다.

찬열이 그의 뒤를 따랐다.

"빅 리그의 선수들을 봐. 정석대로 하는 선수가 많다고 생각해?"

"아닙니다."

"그들은 자신들만의 타격이 있어. 자네는 그걸 찾아내야지."

툭-!

어깨를 두드린 조니가 멀어져 갔다.

그는 처음과 같이 다시 철제 의자에 앉아 무료한 표정으로 그라운드를 주시했다.

'나만의 타격이라고?'

찬열의 머릿속에는 조니가 남긴 말이 맴돌았다.

'이전의 삶에서도 그리고 지금도 나만의 타격을 만들 생각은 하지 못했다.'

한국의 학생야구는 모든 게 정석이었다.

그랬기에 독특한 타격 자세나 스윙을 하면 비난의 대상이 됐다.

미국에 진출했을 때도 마찬가지다.

다른 점은 시스템 야구란 점이다.

코치가 자신의 것을 가르치지 않고 시스템으로 만들어진 것을 선수에게 전달해 준다.

찬열의 스윙은 그 단계를 거쳐서 만들어진 교과서적인 것이었다. 그랬기에 조니의 조언은 다소 충격으로 다가왔다.

"찬열아, 조니 씨가 뭐라고 하시든?"

"뭐라고 말해서 조언을 받은 거야?"

몇몇 선수가 다가와 찬열에게 질문을 던졌다. 날파리가 귓가에서 날아다니는 것 같았다. 지금은 조니의 말에 집중하고 싶었다. 하지만 대부분이 선배이기에 그럴 수도 없었다.

찬열은 그들의 질문에 간단히 대답을 하며 머릿속으로는 조니의 이야기를 곱씹었다.

\* \* \*

그날 밤.

찬열은 호텔방에 돌아와 노트북을 꺼냈다. 그리고는 검색어에 메이저리그의 대표적인 타자들을 검색했다. 로드리게스, 본즈, 롤린스, 하워드 등.

그리고 한 가지 결론을 내렸다.

"조니의 말대로 빅 리그 타자들은 콘택트형이든 파워형이든 모두 자기만의 스윙을 가지고 있다."

이제야 조니의 조언이 이해가 됐다.

정석이란 건 분명 중요했다.

모든 사람에게 통용이 되기 때문에 정석이라고 말한다.

하지만 그게 모든 이에게 딱 들어맞는다고는 할 수 없다.

"옷도 맞춤이 더 좋듯이 스윙 역시 내게 맞는 방법을 찾아내야 돼."

어째서 이전의 삶에서는 이런 생각을 하지 못했을까?

후회가 됐다.

찬열은 고개를 흔들어 후회를 떨쳐 냈다.

'다시 한 번 얻은 기회다. 이전의 삶에서 후회했던 걸 지금 극복해 내면 돼.'

스스로에게 다짐하며 찬열은 침대에 누웠다.

하지만 쉽게 잠이 오지 않았다.

머릿속에서는 벌써부터 스윙을 하는 자신의 모습이 그려지고 있었다.

몇 번 몸을 뒤척이던 찬열은 결국 일어났다.

그리고는 트레이닝복으로 갈아입고 배트를 들고 나갔다.

호텔 뒤 주차장에 도착한 찬열은 자리를 잡고 배트를 돌리기 시작했다.

후웅―!

후웅―!

'내 몸에 딱 맞는 맞춤 스윙을 찾아내자.'

고요하던 주차장에 바람이 갈라지는 소리가 밤늦게까지 이어졌다.

조니의 합류는 선수단에 새로운 활기를 부여했다.

처음 그의 성향을 잘 모르던 선수들은 조니에게 함부로 다가가지 못했다.

하지만 찬열이 다가간 뒤에는 달라졌다.

선수들이 먼저 조니에게 질문을 던졌고 그는 매우 친절하게 답변을 해주었다.

그 뒤에는 모든 것이 정상적으로 돌아갔다.

'조니는 열정 있는 선수를 좋아하지. 먼저 다가오지 않는다면 누구에게도 조언을 해주지 않았을 거야.'

이동건은 프리배팅에서 선수들에게 조언을 해주는 조니를 보며 미소를 지었다.

그가 지도자 연수에서 조니를 처음 만났을 때도 저랬다.

'미국에는 저런 타입의 사람들이 많지. 그래서 처음 그들과 친해지는 게 힘들었어.'

그랬기에 찬열이 다가가서 친해지는 걸 보고는 의아했다.

하지만 대수롭지 않게 생각했다.

같은 포수이기에 먼저 다가간 거라고 혼자 생각을 정리했다.

그때 타격 코치인 김무현이 다가왔다.

"감독님."

"김 코치, 한가하신가 봅니다?"

김무현이 두 살 위였기에 이동건이 존댓말을 사용했다.

"조니가 온 뒤로는 할 일이 없어졌습니다. 애들이 다 그에게 가니까요."

말에 뼈가 있었다.

하지만 악의는 없다는 걸 알기에 이동건이 작은 미소를 지었다.

"그런데 감독님, 최근에 찬열이가 타격 폼을 바꾸신 걸 알고 계십니까?"

"네, 알고 있습니다."

"혹시 감독님이 조언을 해주신 건가요?"

"아뇨, 조니가 해준 걸로 알고 있습니다."

"흠, 갑자기 타격 폼을 바꾸면서 타격감이 많이 떨어졌습니다. 오늘 연습 경기에서도 장타는 없고 단타만 2개를 기록했지 않습니까?"

오늘 찬열은 타점을 기록하지 못했다.

연습 경기를 진행한 이후로 처음 있는 일이었다.

그렇다고 타격감이 나쁘다곤 할 수 없었다.

멀티히트를 기록했으니까 말이다.

그럼에도 김무현이 저런 말을 한 것은 후배인 찬열을 염려하는 것이다.

"조니가 메이저리그 레전드 플레이어라고 하더라도 그는 코치 경험이 없습니다. 또한 그는 천재형 타자이지 않습니까?"

이동건이 고개를 끄덕였다.

KBO나 메이저리그 역사를 놓고 봤을 때 좋은 선수가 꼭 뛰어난 코치가 되는 건 아니었다.

특히 좋은 선수들 중 천재형 선수들은 은퇴 후 코치 생활을 길게 하지 못했다.

그들의 입장에서는 쉽게 해야 될 부분을 가르쳐 줘도 선수들이 못하는 걸 이해하지 못하기 때문이다.

그런 점에서 선수와 트러블이 생기고 자연스레 구단은 선수를 택하게 된다.

"감독님의 부탁으로 인스트럭터로 와주었다고는 하지만 불안해서 안 되겠습니다. 찬열이에게 이야기해야겠어요."

"김 코치."

당장에라도 달려갈 것 같던 김무현이 걸음을 멈췄다.

"당분간 지켜보도록 하죠."

"예? 하지만……."

"찬열이도 천재형 타자 중 한 명입니다. 같은 타입이라면 시너지가 일어날 수 있어요."

천재끼리는 통하는 게 있다. 이동건의 생각도 일견 맞는 말 같았다. 하지만 김무현은 걱정을 모두 떨쳐 낼 수 없었다.

그걸 눈치챈 이동건이 말을 덧붙였다.

"첫 시즌에 40홈런을 때린 찬열이를 다른 구단에서 내버려

두지 않을 겁니다. 분명 정밀 분석에 들어갈 텐데 올해 고생할 수 있어요."

"그렇긴 합니다만 타격 폼을 너무 바꿨어요. 자신의 장점을 모두 잊은 거 같습니다."

"앞으로 3일, 그 안에 찬열이 제대로 된 답을 찾아내지 못한다면 김 코치가 옆에서 어드바이스를 해주세요."

김무현이 한숨을 푹 내쉬었다. 감독이 저렇게까지 말한 이상 받아들여야 했다. 더 이상 따진다면 항명이 되는 것이니까.

그래도 아쉬운 건 어쩔 수 없었다.

불편한 표정으로 몸을 돌리는 김무현을 보다 이동건이 미소를 지었다.

'찬열이를 진심으로 생각하는군.'

그러면서 한쪽에서 배팅을 하고 있는 찬열을 주시했다. 며칠 전과는 전혀 달라진 타격 폼이다. 그리고 매 순간 변하고 있었다.

'뭔가 보여주길 바란다.'

이동건은 찬열을 믿었다. 선수 스스로 타격 폼을 바꾸는 건 드문 일이 아니었다. 겉으로 드러나지 않더라도 메커니즘에는 매년 변화를 준다.

특히 톱클래스 타자의 경우 더욱 그랬다.

상대가 분석을 매우 정교하게 하기 때문이다. 그래서 비시즌 기간에 팀의 코치와 상의를 하고 스스로 약점을 생각해서 그것을 보완한다.

'올 시즌 다른 팀에서는 찬열에 대한 공략법을 가지고 나올 것이다. 작년과 똑같은 메커니즘으로 타격에 임하면 분명 슬럼프가 찾아온다.'

그것을 견뎌내기 위해서는 약점을 보완해야 한다. 그리고 조니는 그 답을 준 것이다.

'스스로 찾아라. 그럼 넌 더 높은 곳으로 갈 수 있을 거야.'

찬열을 바라보는 이동건의 눈빛에는 애정이 가득했다.

to be continued

# KILL THE DRAGON

## 킬 더 드래곤

백수귀족 현대 판타지 장편 소설

## 인간 VS 드래곤

지구를 침략한 드래곤!
3년에 걸친 싸움은 인간의 승리로 돌아갔지만
15년 후,
드래곤의 재침공이 시작되었다!

드래곤을 죽일 수 있는 건 오직 사이커뿐!

인류의 존망을 건 최후의 전쟁.
그 서막이 오른다!